生活安全課0《ゼロ》係

ブレイクアウト

富樫倫太郎

祥伝社文庫

目次

プロローグ

平成二二年（二〇一〇）二月一五日（月曜日）

杉並《すぎなみ》中央署の四階に「何でも相談室」がある。

正式には「生活安全課総務補助係・何でも相談室」だが、署内では「0係《ゼロ》」と呼ばれている。

「0はいくつ掛け合わせても0。役立たずを集めても何の役にも立たない」

という意味だ。

しかしながら、いざ発足してみると、通常であれば、警察から相手にされないような案件にも積極的に取り組んで区民からは感謝されているし、タナボタのような成り行きでいくつかの事件を解決した。少しずつ実績が積み上がってきたせいで、今では役立たず集団という目で見られることもなくなっているが、「0係」という愛称だけは今も残っている。

0係の責任者は亀山良夫《かめやまよしお》係長である。気の弱い中年男だ。胃が弱く、いつも下痢《げり》ばかりしている。朝礼中にもよおすこともあり、そういうときは、たとえ話の途中であっても、青い顔で直《ただ》ちにトイレに向かう。

急に亀山係長がいなくなっても、実は何も困ることはない。

「じゃあ、係長が戻るまで、わたしが話をしますので……」

事務を担当する三浦靖子《みうらやすこ》主任が後を引き継ぐからだ。０係の表面的な責任者は亀山係長だが、実質的に０係を仕切っているのが靖子だということは誰でも知っている。実際、靖子がいなければ０係の業務は停滞してしまう。

気の弱い亀山係長はメンバーたちに強いことを何も言えないので、靖子が代弁しなければならない。身長一五八センチ、体重四〇キロというスリムな体型からは想像もできないほどの大声を出し、

「下っ端のくせに、ぼんやりして鼻糞《はなくそ》なんかほじってるんじゃないよ！　真剣に係長の話を聞け」

と、樋村勇作《ひむらゆうさく》の頭をスリッパで叩《たた》くようなことを平気でする。署内では「鉄の女」と呼ばれている。

二五歳の樋村勇作巡査は０係で最も年下である。スリムな靖子とは対照的に、一七二センチ、九五キロという巨漢、いや、ただのデブだ。先輩の安智理沙子《あんちりさこ》からは「デブウンチ」と呼ばれている。

理沙子は二六歳の巡査部長で、趣味が格闘技というだけあって、柔道二段、空手初段の腕前だ。

あとのメンバーは、万年巡査長の寺田高虎《てらだたかとら》とキャリアの小早川冬彦《こばやかわふゆひこ》警部の二人である。

この六人で「何でも相談室」は活動している。

朝礼が終わった直後、亀山係長がトイレから戻ってきた。背中を丸めて右手でお腹《なか》を押さえ、青い顔をしている。

「大丈夫ですか、係長？」

靖子が心配そうに訊《き》く。他のメンバーはいつものことで慣れっこだから心配などしないが、靖子だけは亀山係長に優しいのだ。

「う、うん……」

「今日の腹痛、かなり重症に見えますよ」

「年甲斐《としがい》もなく、チョコレートを食べ過ぎてしまったかな」

椅子《いす》に坐《すわ》りながら、何気なく亀山係長が言う。

「チョコレート？　係長、甘いものが好きなんでしたっけ？」

高虎が訊く。

「嫌いではないけど、あまり食べないようにしている。四〇を過ぎると糖尿病が怖いからね。糖分や炭水化物はなるべく控《ひか》えないと。寺田君だって、そうじゃないの？」

「あまり考えたことありませんけどね」

「考えた方がいいですよ、寺田さん。生活習慣病は気付いたときには手遅れになることが多いんですから。寺田さんの場合、糖尿病だけでなく、高血圧も心配した方がいいですね。心臓にもかなり負担がかかっているはずです。お酒も飲むし、煙草《たばこ》も吸うし、脂《あぶら》っこいものも好きですからね。寺田さんの年齢なら、もうラーメンライスなんか食べるべきではありません。せめて、スープを残すとか、ライスは大盛りにしたり、お代わりしたりしないで半ライスで我慢するべきですね」

冬彦が口を挟《はさ》む。

「余計なお世話です。食べたいものを我慢してまで長生きしようとは思ってないんで」

高虎が肩をすくめる。

「そういう人が六〇歳くらいで寝たきりになって家族に迷惑をかけるんです。平均寿命まで生きるとして、六〇歳から二〇年以上寝たきりでいいんですか？　空《むな》しくないですか？」

「何だって、おれが六〇で寝たきりになって、家族に介護されなければならないんだ。そういう話をしてるわけじゃない。単に係長にチョコの話をしただけなんだ」

高虎が不愉快そうに顔を顰《しか》める。

「普段は控えているチョコレートをどうして食べ過ぎたんですか？」

樋村が訊く。

「だって、せっかく妻がくれたのに食べないわけにはいかないじゃないか。手作りだっていうしさ」

亀山係長が照れ臭そうに言う。

「奥さんが？　あ、そうか。昨日は、バレンタインデーか……」

「ふふふっ、そういう驚き方をするということは、あんた、ひとつももらってないね？」

靖子が目を細めて樋村を見つめる。

「正直に言いますが、もらってません」

「最後にもらったのは？」

冬彦が訊く。

「ええっと……」

「嘘《うそ》をついてはダメだよ。目が泳いでる。嘘でごまかそうとしたよね？」

冬彦が追及する。

「一昨年《おととし》は、もらいました」

「誰から？」

「ええっと……」

「嘘はダメだからね」

「ばあちゃんです」

「なぜ、去年と今年は、もらえなかったのかな？」

「それは……」

「わかった。お亡くなりになったんだろう？　君の悲しげな顔を見てわかった」

冬彦がうなずく。

「ああ、何で、朝っぱらから、ぼくがこんな目に……」

樋村が溜息《ためいき》をつきながら両手で頭を抱える。

「そこまで言うからには、ドラえもん君は、ちゃんとチョコをもらったんだろうね？」

靖子が意地悪そうな目を向ける。

「もらいました」

「いくつよ？」

「ひとつです」

「わたしの予想では妹さんからじゃないの？　千里《ちさと》ちゃん」

「そうです。昨日、妹に呼び出されて渋谷《しぶや》に行きました。チョコをもらって、そのお礼だからというので洋服を買わされました。割に合いません。あのチョコは、確かにおいしかったけど、たぶん、二〇〇〇円くらいでしょう。いや、もっと安いかもしれないな。ぼくが買わされた洋服は……」

「ストップ！」

靖子が右手を開いて、冬彦に向ける。

「セコいことを言わない！　向こうは高校生で、あんたは社会人じゃないの。しかも、キャリアの高給取りのくせして、ちまちまとお金のことなんか言わない！」

「それは正しい意見ですね。高校生の千里と比べても仕方ありませんが、樋村君や安智さん、それに寺田さんと比べても年収は、ぼくの方が……」

「ほらほら、ストップだよ。黙れ」

「黙ります」

「ところで、あんたはもらったの？」

靖子が高虎に顔を向ける。

「なんて訊くだけ野暮か。もらってたら、係長にあんな質問はしないよね。女房も娘もいるっていうのにねえ……」

「うるせえ。電話に出ろよ」

高虎が顔を顰めて、顎《あご》をしゃくる。

ちょうど靖子の机の上にある固定電話が鳴り出したのだ。はい、「何でも相談室」です……靖子が応答する。相手の話を聞きながらメモを取る。

「構いませんよ。今は暇みたいですから。一〇分後に一番相談室に」

電話を切ると、

「さあ、どっちのコンビが行く？」

「はい、行きます！」

冬彦が素早く手を上げる。

「警部殿、週明け早々、何をそんなに張り切ってるんですか？」

高虎が溜息をつく。

「寺田さん、何を言ってるんですか。仕事をしましょうよ。楽しいじゃないですか、やる気が出るじゃないですか。デスクワークなんか、いつでもできます。困っている人を助けてあげましょう」

「テンション高いわ」

高虎がまた溜息をつく。

「で、どんな案件ですか？」

冬彦が靖子に訊く。

「そこまでは聞いてない。ただ刑事課では相手にしてもらえなかったらしいよ」

「ふうん……」

どんな事件なのかなあ、わくわくするなあ、と冬彦が顎を撫《な》でながらうなずく。

「おい、樋村、てめえ、喜んでるだろう？」

高虎が樋村を睨《にら》む。

「え？　嫌だなあ、何を喜ぶんですか？」

「本当なら、おまえが率先して手を上げるべきなんだよ。一番の下っ端なんだからな」

「ぼく、反射神経が鈍いから、とても警部殿の速さにはかないません」

「早い者勝ちってわけじゃないんだよ。今からでも遅くない、ぼくにやらせて下さい、いろいろ経験を積みたいんです、と警部殿に頼んだらどうだ？」

「ぼくはいいけど、安智さんが何と言うか……」

樋村が横目で理沙子を見る。

「わたしはいいですよ、別に。警部殿、わたしたちがやりましょうか？」

「結構です。ご心配なく。ぼくと寺田さんが相談に乗ります。ここは『何でも相談室』なんだから、困っている人の相談に乗るのは当たり前なんです。階級は関係ありません」

「ということですよ」

高虎を見て、理沙子が肩をすくめる。

また靖子の電話が鳴る。

「はい、『何でも相談室』です……」

相手の話を聞き、じゃあ、一〇分後に二番相談室に、と言って電話を切る。

「もう喧嘩《けんか》しなくていいよ。別の相談者が受付に来たらしいから。この相談者の話を聞くのは、樋村と安智だね」

「どんな相談なんですか？」

樋村が訊く。

「よくわからないけど、これも、やっぱり交番でも刑事課でも、きちんと対応してもらえなかったらしいよ。相談に来た人は、かなり怒ってるらしい」

「うわっ、面倒臭そう。寺田さん、交換しませんか?」

樋村が高虎を見る。

「おまえ、一度、殴《なぐ》ってやろうか。手加減なしでな」

「やだなあ、冗談に決まってるじゃないですか」

「ほらほら、無駄口ばかり叩いてないで準備をしたら? 相談者、すぐに上に来るよ。そうですよね、係長?」

靖子が亀山係長に訊く。

「うん、そうだね。相談者を待たせてはいけないね。すぐに準備した方がいいと思う」

亀山係長がにこっと笑う。

第一部　杉並《すぎなみ》歴史クラブ

一

四階の廊下には一番から三番まで相談室が並んでいる。

冬彦と高虎が一番相談室に入る。広さは四畳で、中央に椅子とテーブルが置かれている。中年女性がうつむいて椅子に坐っている。

「常世田《とこよだ》さんですか？」

靖子から渡されたメモを確認しながら、冬彦が訊く。そのメモには「常世田喜久子《きくこ》　四五歳　主婦」と簡潔に記されている。

「はい、常世田です」

喜久子が立ち上がって、丁寧《ていねい》に腰を屈《かが》める。

「話を聞いて下さるそうで、ありがとうございます。どうぞ、よろしくお願いします」

「お掛けになって下さい」

冬彦が勧《すす》めると、喜久子が椅子に坐る。冬彦と高虎も向かい合って坐る。

「すでに刑事課にも相談なさったそうですが、誰かにここを勧められたんですか?」

高虎が訊く。

「中島《なかじま》さんという刑事さんが教えて下さったんです。刑事課では動きようがないので、『何でも相談室』に相談してみたらどうですか、と」

「ほう、中島が……」

高虎が目を細めてうなずく。

内心、

(あの野郎、余計なことばかりしやがって)

と腹を立てている。

「刑事課でお話しになったことの繰り返しになるかもしれませんが、改めて、わたしたちに相談内容を聞かせていただけないでしょうか?」

「はい、力を貸して下さるのなら喜んでお話しします。何度でも話します……」

大きく深呼吸してから、

「わたしには真紀《まき》という娘がおります……」

と、喜久子が切り出す。

喜久子は三人家族で、夫の泰治《やすはる》は四八歳の公務員、長女の真紀は一七歳である。その真紀が一年前、正確に言えば、一一ヶ月前、朝のジョギング中に行方不明になったという。

平成二一年（二〇〇九）三月二五日、水曜日のことである。春休みの初日だった。

真紀は阿佐谷《あさがや》東高校のバスケットボール部に所属しており、本当であれば春休み中も練習があるはずだが、部活動の顧問教師の都合で、水曜日から金曜日までの三日間は休みになった。

真紀は小太りの体型と体力のなさを痛感していたので、ダイエットと体力作りのために、以前から週に二度くらいのジョギングを習慣にしていた。三日間の休みの間は毎朝ジョギングする予定でいたという。その初日に行方不明になったのである。

「捜索願は出したわけですね？」

冬彦が訊く。

「はい、もちろん。専門的なことはよくわかりませんが、事件性がないと判断されて、大掛かりな捜索は行われませんでした」

「家出と判断されたということでしょうか？」

「そうです。家出する理由なんか何もないのに……。思春期の女の子ですから学校や友達のことで悩みのひとつやふたつはあったでしょうけど、それは当たり前のことですし、家出するほど深刻なものだったとは思えません。そもそも、ジョギングに行ってくると出かけたまま行方がわからなくなったのに、ただの家出のはずがありません」

喜久子が不満そうに口を尖《とが》らせる。

「確かに、ちょっと変ですね……」

冬彦が首を捻《ひね》る。

女子高校生がジョギング中に行方不明になったのだから、普通は大事件である。少なくとも、ただの家出人扱いにはしない。特異家出人として、積極的に捜査するべきではないか、という気がする。

そもそも、杉並中央署管内でそんな大事件が発生したとなれば、冬彦や高虎の記憶にも残っているはずだが、二人とも何も覚えていない。

つまり、重大な事件として扱われなかったということであろう。真紀が行方不明になった一年前ですら、その程度の扱いだったとすれば、その後は捜査もされずに放置されていたに違いない。

「一年近く経《た》って、ここにいらしたというのは、つまり、ちゃんと娘さんを捜してほしい、と警察に訴えるためなんでしょうか？」

高虎が訊く。

「もちろん、そうです。真紀が行方不明になってから、ずっとそう願ってきました。なぜ、警察はもっと真剣に捜してくれないのだろう、と怒りも感じていました」

「お気持ちはわかります。しかし、行方不明者というのは……」

「おっしゃりたいことはわかります。家出人は年間に何万人もいるんですよね？　とても警察だけでは調べきれないほど多い。だから、警察は普通の家出人は捜さない。子供やお年寄りが行方不明になった場合や、何らかの事件に巻き込まれた可能性がある場合、自殺したり他人を傷つけたりする可能性がある場合にのみ捜査するんですよね？」

「よくご存じですね」

「刑事さんたちからも聞かされたし、自分でも調べましたから」

「それならば……」

「電話がかかってきたんです」

「え？」

「三日前の金曜日、真紀から電話がかかってきたんです」

「間違いありませんか？　確かに娘さんだったんですか？」

「最初は無言電話だったんです。こっちが出ても、向こうは何も言わなくて……。たぶん、一〇秒くらいだったと思うんですけど、ピンときて、『真紀ちゃんなの？　そうでしょう、真紀ちゃんなのよね？』と訊いたんです。そうしたら、『お母さん……ごめんねって」

「それだけですか？」

「そこで切れてしまって」

「録音なさいましたか？」

「いいえ」

喜久子が残念そうに首を振る。

「今でも悔《く》やまれます。どうして録音しなかったのか、と」

「……」

冬彦と高虎がちらりと視線を交わす。この話をどこまで信じていいのか、と訝《いぶか》っているのであろう。

「この一年、自分なりに真紀を捜してきました。でも、素人にできることには限界があります。今では夫も諦めています。口でそう言ったわけではありませんが、何となくわかるんです。もう諦めているなということが……。警察の手で捜してほしいんです。だって電話がかかってきたんですから」

ハンカチで目許《めもと》を押さえながら喜久子が言う。

「お話はわかりました。今日のところは、これで結構です。こちらから連絡します」

冬彦が言うと、

「できれば、連絡は、ここにお願いします」

喜久子がメモを差し出す。

「わたしの携帯の番号です」

じゃあ、よろしくお願いします、と深く頭を下げて、喜久子が相談室から出て行く。

二人きりになると、

「何だか変な話だな。なぜ、刑事課は捜査しないんですかね？」

高虎が小首を傾《かし》げる。

「何か理由があるんですよ。刑事課に行ってみましょう」

冬彦が腰を上げる。

二

刑事課。

冬彦と高虎が部屋を覗《のぞ》くと、中島敦夫《あつお》がコーヒーを飲みながらぼんやりしている。つかつかと高虎が歩み寄り、

「ちょっと顔を貸せ」

と、中島の耳を引っ張る。

「寺田さん、何をするんですか。火傷《やけど》するじゃないですか」

耳を引っ張られた弾《はず》みにコーヒーが膝《ひざ》の上にこぼれたのだ。

「また面倒をこっちに押しつけやがったな」

高虎が中島を睨む。

「あ……もしかして常世田さんの件ですか?」

「普通に考えれば、刑事課が調べる案件だろうが」

「待って下さい。たぶん、常世田さん、寺田さんたちに話してないことがあるんですよ」

「何をだ?」

「資料を持っていきますから、応接室で待っていて下さい。すぐに行きます」

「逃げるなよ」

「何で、おれが逃げるんですか」

中島がムッとするが、高虎の眼光の鋭さに怯《ひる》んで目を逸《そ》らす。

一〇分後……。

応接室に中島が入ってきてソファに坐る。冬彦と高虎の向かい側だ。

「どうぞ」

捜索願のコピーと真紀の写真のコピーをテーブルの上に置き、二人の方に押し遣る。

「言うまでもありませんが、外部には持ち出さないで下さい」

「そう言えば、これ、変わるんじゃなかったか?」

捜索願を引き寄せながら、高虎が訊く。

「ええ、再来月から『捜索願』ではなく『行方不明者届』に変更されます。でも、書式の内容は大きく変わらないし、名称が変わるだけですよ」

「ふうん……」

冬彦と高虎がコピーに視線を落とす。

行方がわからなくなった者の本籍、住所、氏名、職業（勤務先・学校名）、生年月日、性別といった基本的な項目が上段に記入されている。

その下に身体的特徴、体格・人相（身長、体型、面型《めんがた》、顔色、眼鏡、頭髪）、血液型、歯科医院への通院歴、失踪したときの着衣、所持金品などを記入する欄がある。訛《なま》りの有無、歩き方の特徴、趣味・嗜好《しこう》・特技・資格を記入する欄もある。

その更に下に、行方不明となった日時、場所、状況を記入し、立ち回りが見込めそうな場所や関係者を記入するという書式になっている。

写真はコピーなので、あまり鮮明ではないが、それでも面差《おもざ》しが母親の喜久子に似ており、丸顔でぽっちゃりしていることはわかる。

捜索願にざっと目を通すと、

「これは後から改めて詳しく読ませてもらいます。まず最初に訊きたいのは、なぜ、捜査がされなかったのか、ということです」

冬彦が中島に顔を向ける。

「捜査しなかったわけではありません。大掛かりな捜査に発展しなかっただけです」

「事件性がない、と判断したからですか？」

「家出の可能性が強まったんです」

「と言うと?」

「事件に巻き込まれた可能性、自発的に家出した可能性、そのふたつの線を並行して調べたんです。すると、真紀さんが悩みごとを抱えており、家出を仄《ほの》めかしていたことがわかりました。これは真紀さんの親友が話してくれました」

「立ち回り見込み先に書いてある菊沢紀香《きくざわのりか》さんという人ですか?」

「ええ、高校の同級生で、同じ部活に所属していました。親友だと聞きました」

「母親は、家出するほど深刻な悩みなんか抱えてなかったと言ってたぞ」

高虎が訊く。

「思春期の女子高校生が母親に何でも打ち明けますか? むしろ、悩みごとであれば、親ではなく親友に相談するんじゃないでしょうか」

中島が答える。

「ううむ……」

高虎が渋い顔になる。

「それだけではないんですよ」

「他にも何か?」

冬彦が訊く。

「行方がわからなくなる数日前に銀行からお金を引き出していたんです」

「銀行からお金を？　いくらですか」

冬彦が身を乗り出す。

「真紀さんの個人口座で、お年玉を貯めていたそうです。小学生の頃から貯めていて、総額は一五万円くらいでした。それまで一度も引き出したことがなかったのに、ほとんど全額が引き出されていました。ご両親も使い道に心当たりはないとおっしゃっていました」

「家出の費用にしたかもしれない、ということですね？」

「断定はできませんが、そう考えると辻褄《つじつま》が合います。いくら調べても事件性は出てこなかったし」

「電話がかかってきたと言ってたぞ、金曜日に」

「本当かどうかわかりません」

中島が首を振る。

「嘘《うそ》だっていうのか？」

高虎が中島を睨む。

「それも考えられますね。捜査してもらうために嘘をつく。会話は録音されていないから、そんな電話が本当にあったのかどうか確かめようがありませんし。もっとも、その時間に中野《なかの》駅近くの公衆電話から常世田さんのお宅に電話がかかってきたことは確かです。

しかし、誰からかかってきた電話なのかまではわかりません。意地の悪い見方をすれば、自作自演だって可能です。夫が公衆電話から自宅に電話をかけ、それを妻が受ける。警察には娘から電話がかかってきたと主張する」

「再捜査してもらうための芝居か……。どう思います、警部殿？」

高虎が冬彦の顔を見る。

「うう～ん……」

冬彦が難しい顔で首を捻る。

「納得できませんか？」

中島が訊く。

「いや、そうじゃないんですよ。逆です。中島さんの説明は筋《すじ》が通っているし、十分すぎるほど納得できるんです。ただ……」

「何でしょうか？」

「あの人、嘘はついていませんよ」

「なぜ、わかるんですか？」

「ぼくは、そう簡単に騙《だま》されたりしません。嘘をつくと、どうしても仕草や表情に不自然な点が表れるものなんです。電話があったのは本当だし、それが真紀さんからの電話だと信じているのも本当ですよ。少なくとも自作自演はあり得ませんね」

「そう言われても、刑事課としては動きようがないんです」

「古河《こが》さんも同じ考えなんですか？」

古河祐介《ゆうすけ》巡査部長は、刑事課の主任で、中島の上司である。

「主任がどうこうではなく、現時点で再捜査をしないというのは課長の判断なんです」

「横田《よこた》課長か」

高虎が舌打ちする。仕事はできるが真面目《まじめ》すぎて柔軟性に欠けるというのが署内における横田課長の評価なのである。

「刑事課は動いてくれそうにありませんね。うちは、どうします？」

高虎が冬彦を見る。

「もちろん、調べましょう。ぼくたちは刑事課とは違います。『何でも相談室』なんですから」

何の迷いもなく、冬彦が答える。

三

冬彦と高虎は「何でも相談室」に戻る。

「樋村と安智は、まだ相談を受けているのか？」

高虎が靖子に訊く。

「そうだよ。結構、時間がかかってるね。そっちは、どうなのよ、事件になりそうなの？」

「それを決めるのは、おれじゃねえ。警部殿に訊いてくれ……と言いたいところだが、警部殿はやる気満々だ。これが事件かどうかはわからないが、少なくとも調査を始めるつもりだぜ、あの顔は。しかし、どうして何にでも首を突っ込みたがるかねえ」

高虎は自分の席に着くとタバコを吸い始め、スポーツ新聞を開く。机の上に足を投げ出してくつろぎたいところだが、亀山係長の手前、さすがにそれは控える。

冬彦は中島からもらった「捜索願」を丹念に読んでいる。読みながら熱心にメモを取り、一人でふんふんとうなずいたりしている。

「ドラえもん君は仕事熱心なんだよ。あんたも見習いなさいよ」

「何を言ってやがる。コンビを組んでるんだから、おれと警部殿の仕事量に違いはない」

「バカだねえ。事務処理能力が桁《けた》違いなんだよ。たぶん、あんたの三倍、いや、一〇倍くらいの能力があるね」

「おれと警部殿を比較するな。そんなことには何の意味もない。あっちは頭のいいキャリアだから、仕事ができて当然だし、その分、給料も高い」

「それを言うなら、あんたはもらいすぎだよ。もしくは、ドラえもん君の給料が安すぎる」

「何を言っても、おれは叩かれるな。もうしゃべらないからな。話しかけないでくれ」

スポーツ新聞に顔を埋《うず》める。

そこに理沙子と樋村が戻ってくる。

「お疲れさま」

冬彦が元気よく声をかける。

「はあ……」

樋村と理沙子は冴《さ》えない表情だ。

「どうかしたの？」

「何だか、よくわからない話なんですよ」

「刑事課には相手にされなかったんだよね？」

「そうなんです。でも、だからといって、うちが扱うべきかどうか判断できかねるというか……」

理沙子が小首を傾げる。

「係長！」

いきなり冬彦が立ち上がる。

湯飲みを口に当てていた亀山係長は、冬彦の声に驚いてお茶を噴き出してしまう。

「何だい、小早川君」

「提案です。緊急ミーティングをしましょう。ふたつの案件、どちらも刑事課に対応してもらえなかった微妙なものです。みんなで情報を共有して、今後の対応を考えましょう。どうせ暇だし」

「い、いや、別に暇というわけでは……」

「反対ですか？」

「いや、反対というわけでも……」

「反対でなければ賛成じゃないですか。賛成の反対の反対！」

「何ですか、それ？」

樋村が怪訝《けげん》な顔になる。

「天才バカボンだよ。バカボンのパパがよくそんな言い方をするんだ」

「は？　警部殿、マンガなんか読むんですか」

「読むよ、たまにね。床屋さんで待っているときなんかに。課長、ミーティング、オッケーですね？」

「は、はい」

「それでいいのだ」

冬彦がにこっと笑う。

「早速ですが、ぼくから報告させて下さい。ちょうど捜査方針も決まりましたから」

「捜査するんですか？」

　高虎が嫌な顔をする。

「もちろんです。では……」

　冬彦が常世田真紀の失踪について説明を始める。

　その説明が終わると、

「この一年、何の手がかりもなかったのに、突然、本人から電話がかかってきた、と母親が言い張っているわけですか。中島が自作自演を疑うのもわかりますね」

　理沙子がつぶやく。

「中島さんにも言ったけど、少なくともお母さんは嘘をついていないと思う。本当に真紀さんからの電話だと信じているんだ。そこが気になるんだよね」

「今後、どうするんですか？」

　樋村が訊く。

「それは考えてある。まず……」

　冬彦は、これから何をするか三つのポイントを挙げる。
（1）真紀のジョギングコースを歩くこと。

（2）真紀の親友、菊沢紀香に会うこと。
（3）真紀の姿を最後に目撃した人に会うこと。
「とりあえず、こんなところです。それで何の手応えもなければ、また考えます」

「警部殿にしては、かなりアバウトですね」

高虎が揶揄《やゆ》するように薄ら笑いを浮かべる。

「皮肉のつもりですか？　全然皮肉になってませんよ。この三つの方針は捜査のイロハじゃないですか。アバウトとか、そういう話ではありませんから」

冬彦がぴしゃりと言う。

高虎は黙って肩をすくめる。言い返したところで、逆襲されてやり込められてしまうとわかっているのだ。

「ぼくたちの扱う案件は、こんな感じですが、安智さんと樋村君が相談されたのは、どんな案件ですか？」

冬彦が訊く。

「樋村、説明して」

理沙子が言う。

「はい」

樋村はうなずくと説明を始める。

こんな内容である。

相談にやって来たのは、糸居洋子《いといようこ》という四三歳の女性である。

今月になってから頻繁《ひんぱん》に自宅の固定電話に無言電話がかかってくるようになった。

時間帯に特徴はなく、朝でも昼でも夜でもかかってくる。平均すると一日に七回くらいだが、多いときには一五回かかってきたこともあるという。

奇妙なのは、洋子以外の家族が電話に出ると、すぐに切られてしまうことである。洋子が出たときだけ電話は切れず、相手は何も言わずに、ずっと黙り込んでいる。一分でも二分でも黙っている。何も言わないが、相手の呼吸音だけは微《かす》かに聞こえる。最近では気味が悪いので、相手が名乗らないと、すぐに電話を切ってしまう。

そういうことから考えて、洋子に対する嫌がらせ電話に違いない、と糸居家の人たちは推測しているが、なぜ、そんな嫌がらせをされるのか、洋子自身、何も思い当たることはないので、一度、警察に相談しようか、と家族で話し合っていたところ、一昨日になって一枚のハガキが届いた。

「これです」

樋村がハガキの表と裏を別々に拡大コピーした用紙を二枚、ホワイトボードにマグネットで貼る。

「ふうん……」

冬彦が椅子から腰を上げ、ホワイトボードに近付く。

「パソコンで印字したんだな。消印からすると……杉並区内から投函《とうかん》されているようだ」

ふむふむとうなずく。

「何て書いてあるんですか、読んで下さいよ」

立ち上がるのが面倒なのか、高虎が机に頬杖《ほおづえ》をついたまま冬彦に頼む。

「ええ、いいですよ」

冬彦が気軽にうなずいて、文面を読み始める。

平日、月曜から金曜まで、自宅から半径五〇〇メートルより外に出ないようにして下さい。

糸居洋子さまに不幸なことが起こらないことを心から願い、このような忠告をさせていただく次第です。

ふざけているわけではありません。

この忠告を信じて下さることを願っております。

「それって脅迫なんですかね？」

高虎が訊く。

「脅迫とは言えないでしょうね。嫌がらせ、悪質ないたずら……そんなところでしょう」

冬彦が言う。

「そうなんですよ」

樋村がうなずく。

「この内容では、脅迫とまでは言えないので警察が動くのは難しい……そう刑事課は判断したようです。金銭を要求しているわけでもありませんから。相談に来た糸居洋子さんは、警察の対応にかなり腹を立ててました。住民が不安を感じ、嫌がらせされているのに警察は何もしないのか、と」

「無言電話をかけてくる相手と、このハガキを送ってきた相手が同一人物だと糸居さんは考えているわけだよね？」

冬彦が訊く。

「そうなんです。でも、証拠はありません。たまたま、同じ時期に、別々の人間が無言電話をかけ、このハガキを送ってきたとも考えられます」

「そうだとすると、糸居さんという人、かなり人に恨まれているということになるよな」

高虎が言う。

「ご本人は何も思い当たることはない、と言ってましたが」

「本人がそう言ってるだけだろう。仕事絡《がら》みで恨みを買ったなんてことは？」

「糸居さんは専業主婦です。ご主人は銀行マンです」

「あまり恨みを買いそうな感じはしないな。と言っても、今の世の中、どこで人に恨まれるかわからないからな」

「これだけの材料では刑事課は動きようがありませんよ。刑事課だけでなく、うちだって、そうです」

理沙子が言う。

「ただのいたずらかもしれないのに、いちいち警察が対応できませんよね」

樋村がうなずく。

「糸居さんは、どうすると言ってるの？」

冬彦が訊く。

「どうするって、何をですか？」

樋村が聞き返す。

「警察の判断は別として、糸居さん本人は、これを脅迫だと信じ込んで怯《おび》えているわけだよね？　この忠告に従って、自宅から半径五〇〇メートルより外には出ないわけ？」

「怖いことは怖いけど、そんなことは無理だから、警察の手で何とかしてほしい、という相談だったんですよ」

「ということは、この忠告に従うつもりはない、ということか」

「何か気になるんですか？」

理沙子が訊く。

「いや、何も起こらなければいいなあ、と思っただけ。いたずらならいいんだけどな」

「刑事課のように門前払いはしませんが、当面は静観するしかないと思います」

樋村が言ったとき、電話が鳴る。

素早く靖子が出る。

「はい、こちら『何でも相談室』ですが……」

用件をメモに書き取ると、電話を切る。

「お～い、仕事だぞ。どっちのペアが行く？」

「決まってるだろ。警部殿は女子高校生の失踪を調べるつもりだ。樋村と安智は相談案件を静観すると言ってる。暇なのは、どっちだ？」

高虎がにやりと笑う。

「なるほどね、じゃあ、安智と樋村に行ってもらうしかないか」

靖子がうなずく。

「行きますよ。どんな相談ですか？」

樋村が諦めの表情で溜息をつく。

「おじいさんが川に財布を落としたってさ」

「川に財布？　それ、警察の仕事ですか？　区役所にだって相談窓口はあるはずだし、近くの交番のお巡りさんに頼んでもいいじゃないですか。いや、そんな面倒なことをしなくても家族に頼めばいいんですよ」

「一人暮らしのお年寄りらしいよ」

「じゃあ、誰でもいいから、そばにいる人が拾ってあげればいいのに、財布くらい」

「財布そのものより、財布の中身が心配なんじゃないのかな」

「は？」

「中身を川にぶちまけちゃったらしいよ。お札も硬貨も、その他諸々《もろもろ》も」

「それを拾えというんですか？　川を浚《さら》えって」

「わたしが頼むわけじゃないわよ。そういう相談なんだもん」

「二月の中旬ですよ。まだまだ寒いんです。水だって冷たいに決まってる。それなのに川に入れと言うんですか？」

　助けを求めるように、樋村が理沙子の顔を見る。

「二人で風邪を引くのと、あんた一人が風邪を引くのと、どっちがいいと思う？」

　理沙子が冷たい目で睨む。

「ひ、ひどい……」

「あったかい格好をしていくんだよ」

靖子が慰《なぐさ》めるように言う。

「鑑識に寄るといいですよ。ゴム製のオーバーオールとか、肩まで隠れるゴム手袋とか、いろいろありますからね。頼めば貸してくれると思います」

冬彦が明るい調子でアドバイスする。

四

樋村と理沙子が出かけると、冬彦は常世田喜久子の携帯に電話をかける。

「杉並中央署の小早川です……」

再捜査ということではなく、再捜査をするべきかどうかを判断する予備調査をやってみたいと思うが、それで構いませんか、と冬彦が言う。

もちろんです、という弾《はず》んだ声が電話の向こうから聞こえる。喜久子とすれば、再捜査だろうが予備調査だろうが、どういう形であれ、警察が動いてくれることが嬉《うれ》しいのだ。何しろ、この一年近く、何もしてもらえなかったのである。

「今、どちらにいらっしゃいますか？」

と、冬彦が訊くと、もう自宅に戻っている、という。

「これから伺《うかが》ってもよろしいでしょうか？　できれば、真紀さんのジョギングコースを案内していただきたいのですが」

ええ、どうぞ、お待ちしています、という返事である。

「では、後ほど」

冬彦が電話を切り、寺田さん、出かけましょう、と声をかける。

「今日は内勤で楽ができると思ってたのに、結局、外に出るのか。どうせなら、明日からやればいいのになあ……」

ぼやきながらスポーツ新聞を放り出す。

「善は急げ、ですよ。今日やれることは、今日のうちにやるのがいいんです」

冬彦はリュックを手にして立ち上がり、

「係長、三浦さん、出かけてきます」

と元気よく部屋を出て行く。

「もたもたしてないで、あんたも行きなよ。置いていかれちゃうよ」

靖子が高虎に声をかける。

「ふんっ、警部殿は運転がド下手だから、おれがいないと、どこにも行けないんだよ」

その言葉通り、高虎が駐車場に降りていくと、冬彦が車の傍《かたわ》らに突っ立っている。

「どうですか、たまには運転してみますか？」

「え、いいんですか」

冬彦の表情がパッと明るくなる。

「あ……今日はやめておきましょう。今、背筋がゾッとしました。何か悪いことが起こりそうな気がするので」

「それは残念です」

「じゃあ、行きますか」

「お願いします」

運転席に乗り込むと、

「目的地は、どこですか？」

「高円寺《こうえんじ》南二丁目です」

「了解です」

高虎が車を発進させる。

杉並中央署から高円寺南に向かう道は単純だ。青梅《おうめ》街道を中野方面に走り、環七《かんなな》通りの手前で左折するだけである。時間も大してかからない。

新高円寺駅の手前でいくらか道路が混み合っていたものの、それでも二〇分ほどで常世田家に着いた。

こぢんまりとした一戸建てである。白い柵で囲まれ、狭いながら庭もある。

家の前に車を停め、二人が降りる。

冬彦が門扉の横にあるインターホンを押そうとしたとき、玄関のドアが開いて喜久子が現れる。冬彦たちが来るのを待ち構えていたらしい。

「わざわざ、ありがとうございます」

腰を屈めて、丁寧に挨拶《あいさつ》する。どうぞ、こちらへと二人を家に招き入れようとする。

「ああ、できれば、このまま出かけたいのですが」

冬彦が言う。

「わかりました。運動靴に履《は》き替えますので、ちょっと待っていただけますか」

一度家の中に引っ込むが、一分もしないうちに、また出てくる。サンダルからジョギングシューズに履き替えている。

「お待たせしました」

「車、ここに停めておいて平気ですかね?」

高虎が訊く。

「はい。うちの前に停めておけば大丈夫です。住民が通報しなければ、お巡りさんは来ませんから」

「じゃあ、出発ですね。案内をお願いします」

冬彦が言う。

五

真紀のジョギングコースを辿《たど》るべく、冬彦、高虎、喜久子の三人は常世田家を出発した。しばらく歩くと、

「このあたりにはお寺が多いんですね」

周囲を見回しながら、冬彦がつぶやく。

いくつもの寺が並び、白い練《ね》り塀《べい》が道沿いに延びている。

「はい。このあたりだけで八つ、駅の方にも三つあります。もっと多いかもしれません。真紀のジョギングコースは、二丁目から四丁目にかけて、お寺さんをぐるっと回ってくる感じなんです。まず、長龍寺《ちょうりゅうじ》の横を通って、駅の方に向かいます。道は細いんですけど、あまり車も通らないので事故に遭《あ》う心配もありません。西光寺《さいこうじ》から高円寺に抜けて中央《ちゅうおう》公園でちょっと休憩し、駅前から長仙寺《ちょうせんじ》をぐるっと回って、なるべく車通りの少ない道を選んで走り、西照寺《さいしょうじ》に戻ってくるという感じです。口で説明するだけではわかりにくいかもしれませんけど……」

喜久子が説明する。

「いいえ、よくわかります。大まかな地図は頭の中に入ってますから」

冬彦が言う。

「真紀がジョギングを始めたとき、最初のうち、わたしも一緒に走ってたんです」

「この道を親子二人で走ったんですか？」

「いいえ、そのときは、ここではなく、青梅街道の向こう、梅里《うめざと》の方を走ってました。あっちもお寺がすごく多くて静かなんですよ。だけど、静かすぎるというか、あまり人通りがない場所もあるので娘が一人で走るのはどうかと思って、コースを変えさせたんです。こっちは静かだといっても、人通りがまったくないということはありません。周りは住宅街ですから」

「どうしてやめたんですか？」

高虎が訊く。

「ダイエットできればと思ったんですけど、ジョギングはかなり負荷がかかるらしくて自分の体重で膝や腰を痛める人が多いらしいです。わたしも膝を痛めてしまって……。それからは水泳に切り替えて、ジョギングは真紀だけが続けることになりました」

「高円寺駅も近いし、環七通りも近いのに静かなんですね。こんな公園まであるなんて。ふうん、桃園川緑道《ももぞのがわりょくどう》か」

桃園川緑道に足を踏み入れると、冬彦が感心したように言う。

「まったくだ。いいところですね」

公園の中央にある亀の親子の銅像を掌《てのひら》でぽんぽんと叩きながら高虎がうなずく。

「犬の散歩にぴったりだと思います。残念ながら、うちには猫しかいませんが」

喜久子が言う。

桃園川緑道を過ぎ、しばらく歩くと西光寺に着く。

そこから高円寺までは目と鼻の先だ。

「高円寺って、ただの地名だと思ってましたが、実は寺の名前なんですよね」

高虎が言う。

「お寺の名前が地名になったんですよ。このあたりは、江戸時代には高円寺村と呼ばれていたはずです。それ以前は小沢《おざわ》村と呼ばれていたように記憶しています。三代将軍・家光《いえみつ》が高円寺を気に入って、たびたび高円寺に立ち寄ったそうです。それで高円寺が有名になったので、いっそ村の名前も変えてしまえばよかろう、ということになったらしいです。将軍の鶴の一声ですね」

冬彦が蘊蓄《うんちく》を述べる。

「物知りですね。受験勉強のおかげですか？」

「さすがに高円寺の由来は入試には出ませんよ。杉並中央署に配属が決まったとき、杉並区に関する本を何冊か読んだんです。その中に書いてありました」

「何だか歴史の重みを感じますね。いつもは何も感じませんが……」

古めかしい高円寺の門に視線を向けながら、高虎が言う。

門の横から境内《けいだい》に入る。

境内はしんと静まり返っており、観光客らしき人の姿もほとんど見かけない。

「裏の方から抜けられますから」

喜久子が先になって案内する。

中央公園そのものは、ブランコや砂場のある、これといって特徴のない平凡な公園である。周囲には背の高いケヤキやスズカケが立ち並んでいる。

「ここで休憩していたわけですね？」

冬彦が訊く。

「いつもというわけではありません。元気なときは、ここを通り抜けて氷川《ひかわ》神社まで行ったはずです。むしろ、その方が多かったのかもしれません。コンビニでアイスやジュースを買って、それを飲み食いしながら休憩したんじゃないでしょうか。ダイエット効果が台無しですけどね」

「よくご存じですね。一緒にジョギングしたのは最初の頃だけだということでしたが」

「ジョギングから帰って来ると、真紀が楽しそうに話してくれたんです」

「親子の会話は多い方だったんですね？」

「そう思います。特に反抗期のようなものもありませんでしたし」

「お父さんともですか？」

何気なく高虎が訊いたとき、一瞬、喜久子の表情が強張《こわば》り、言葉に詰まる。その表情の変化を冬彦は見逃さなかった。

しかし、この場では、その点について深く追及せず、

「次に行きましょう。真紀さんと同じように氷川神社で休憩するのもいいかもしれません」

にこっと笑う。

六

「いやあ、立派だなあ」

鳥居を見上げながら、冬彦が言う。

「黒い鳥居なんてカッコいいなあ」

高虎が妙なところに感心する。

「珍しいですよね」

「駅のすぐそばにこんな静かな神社があるなんて驚きですよ」

鳥居を潜《くぐ》り、右手の手水舎《ちょうずや》に歩いて行く。

手と口を清めながら、

「ジョギングの休憩をしつつ、お参りするにはいいですね。この神社の祭神は素戔嗚尊《すさのおのみこと》です。出雲《いずも》で八岐大蛇《やまたのおろち》を退治した英雄として有名ですね」

冬彦が言う。

「ヤマタノオロチ？」

高虎が怪訝な顔になる。知らないらしい。

「キングギドラの先祖だと思えばいいんです」

「ああ、怪獣ですか」

「氷川神社の建立《こんりゆう》を命じたのは源頼朝《みなもとのよりとも》と言われていますから、由緒《ゆいしょ》正しく長い歴史があるんですよ。寺田さん、頼朝は知ってますか？」

「当たり前でしょう」

高虎がムッとする。

「将軍になったのは何年でしょうか？」

「クイズ番組じゃないんですから」

「いい国作ろう源頼朝……一一九二年ですよね？」

喜久子が口を挟む。

「正解です」

「失礼ですが……」

社殿の前に七〇歳くらいの年格好の男性が四人いた。その中の一人が話しかけてくる。

「何でしょう？」

「つい小耳に挟んでしまいましてね。お若いのに、随分、歴史に詳しいものだと感心しました」

「いえいえ、とんでもない。杉並の歴史について書かれた本を読んだだけです」

冬彦が珍しく謙遜《けんそん》する。

「先程、あなたがおっしゃったように、この氷川神社は源頼朝の命によって建立されて以来、八〇〇年以上もの長い伝統のある神社です。実は、氷川神社には、日本にひとつしかないものがあるのですが、ご存じでしょうか？」

「ああ……」

喜久子が小さくうなずく。

「あなたはご存じのようですね」

「寺田さん、知ってますか？」

「まさか」

高虎が首を振る。

「気象《きしょう》神社ですよね？」

冬彦が答える。

「そうです。さすがですな。元々は、戦前、陸軍によって陸軍気象部内に設置されたものですが、戦後、氷川神社に遷座《せんざ》したのです。もうご覧になりましたか？」

「まだです。今来たばかりですから」

「よかったら、ご案内しましょう」

「それは嬉しいです」

「警部殿、寄り道してる場合じゃありませんよ」

高虎が釘を刺す。

「真紀さんだって、お参りしたかもしれないじゃないですか。ちょっとだけならいいでしょう」

「警察の方なんですか？」

警部殿、という呼びかけでピンときたらしい。

「杉並中央署『何でも相談室』の小早川といいます」

「そうでしたか。わたしは、こういう者です」

名刺を差し出す。

杉並歴史クラブ　会長　土岐正文《ときまさふみ》

と記されている。

「杉並歴史クラブ……」

冬彦がつぶやく。

「歴史好きの年寄りの集まりです」

お～い、と土岐正文が他の三人を呼ぶ。

三人の老人たちがぞろぞろやって来る。

「こちら、杉並中央署の小早川さんとおっしゃる。若いのに警部さんだそうだよ。十津川《とつがわ》警部と一緒だな。とても歴史に詳しい方なんだ。せっかくだから、あんたたちも名刺を差し上げなさいよ」

「こういう者です。よろしくお願いします」

「初めまして」

「どうぞ、よろしく」

三人が次々に冬彦に名刺を差し出す。

杉並歴史クラブ　副会長　鶴岡真治《つるおかしんじ》
杉並歴史クラブ　副会長　須藤堅太郎《すどうけんたろう》

杉並歴史クラブ　副会長　草薙満夫《くさなぎみつお》

「ありがとうございます。すごいですね。会長を始め、副会長の皆さんが揃《そろ》っておられるとは」

冬彦が感心する。

「もう一人、大平《おおひら》という副会長がいます。生憎《あいにく》、今日は不参加ですが」

土岐が言う。

「失礼ながら、こんな立派なクラブがあることを知りませんでした。会員は多いんですか？」

「五人で活動しています」

「え？」

「会長のわたし、それに副会長が四人。それで全部です。わたしが会長になったのは、他の四人よりふたつばかり年上だったからなんです」

わははは、と土岐が笑う。陽気な老人らしい。

「では、気象神社にご案内しましょう。こちらです」

「せっかくですから、ここにもお参りさせて下さい」

「ええ、どうぞ、どうぞ」

冬彦、高虎、喜久子の三人が社殿の階段を上り、ご神体に向かって一礼する。

「ん？　寺田さん、いくら出すんですか？」

高虎が賽銭《さいせん》箱にお金を入れようとするのを見て、冬彦が訊く。

「一〇円です」

「は？　何ですか、一〇円って。子供じゃないんですから」

「警部殿だって、お札じゃないでしょう」

「ぼくは五円玉を入れます」

「一〇円よりせこいじゃないですか」

「この調査がうまくいくように、何らかの『ご縁』がありますように、という願いを込めて、わざと五円玉を入れるんです。寺田さんが一〇円入れるのとは違うんです。せこすぎますよ。何の考えもないのであれば、せめて一〇〇円くらい入れるべきでしょう」

「面倒臭い人だなあ。じゃあ、おれも五円玉を入れます。それで文句ないでしょう」

小銭入れを取り出す。

しかし、五円玉がない。

「ふふふっ、ないんでしょう？　諦めて一〇〇円を入れたらどうですか」

「ないんですよ、五円玉も一〇〇円玉も。一〇円硬貨一枚、あとは五〇〇円硬貨が一枚」

「仕方ないですね。五〇〇円入れて下さい」

「何で、おれが五〇〇円も」

高虎が唇を尖らせる。

「神さまの前でせこい真似《まね》をしない方がいいですよ」

冬彦は五円玉を賽銭箱に入れると、両手を合わせて拝《おが》む。

「ああ、昼飯一回分だぞ、これは」

諦めた表情で、高虎が五〇〇円硬貨を賽銭箱に投じる。

喜久子は一〇〇円硬貨を入れ、

「真紀が無事に見付かりますように」

と願う。

お参りを終えると、狛犬《こまいぬ》の前で待っていた土岐が、こっちですよ、と先になって歩き出す。気象神社は社殿の左側、奥まったところにあるのだ。社殿まで石畳《いしだたみ》が続いている。

「わたしたち、元々は同じスポーツクラブの会員でしてね」

土岐が勝手に話し始める。

「会員といっても、たまにウォーキングマシーンを使うくらいで、実際には、お風呂会員みたいなものなんです。ほとんど毎日、スポーツクラブに通っているのにジムも使わないし、プールにも入りません。サウナで汗を流して、風呂に入って、ラウンジで新聞を読んで、休憩室でおしゃべりをするだけです。来る日も来る日も、そんなことの繰り返しです。それも悪くはないんですが、やっぱり、それだけだと退屈だし、みんなで何かやろうじゃないかと相談したんですよ。みんなに共通するのは何かと考えたら、歴史小説を読むのが好きだということだったんですね。吉川英治《よしかわえいじ》や司馬遼太郎《しばりょうたろう》が大好きだから、最初は読書会でもやろうかと話し合ったんです。でも、もう亡くなった作家だから新作を読むことができないし、面白いから同じ作品を何度も読んだりするわけで、わざわざ読書会なんかやらなくてもいいだろう、それより、地元の歴史について調べてみようじゃないか、ということになりましてね。それで杉並歴史クラブを結成しました」

「へえ、何だか、楽しそうですね」

冬彦が言う。

「杉並はこれといって特徴のない、平凡で面白みのないところだなんてひどいことを言う人もいますが、いやいや、調べてみると、なかなか面白いんです。あまり人に知られていない魅力に溢《あふ》れているんですよ。どうせなら、杉並のよさと面白さ、歴史の奥深さを知ってもらうために、わたしたちが独自に杉並七不思議を提案してみようかなんてと考えましてね。今、いろいろ候補を絞り込んでいるところなんですが、この気象神社は必ず七不思議に入れるつもりです。何しろ、全国にひとつしかないんですから、これを外すことはできません」

とっくに気象神社の社殿の前にいるにもかかわらず、土岐の話は止まらない。

「会長、それくらいにしておいたら」

鶴岡に袖を引かれて、ようやく土岐は口を閉ざす。

「ああ、そうか」

土岐が残念そうな顔をする。

冬彦、高虎、喜久子の三人がお参りをする。

「どんな御利益《ごりやく》があるのかなあ。やっぱり、気象神社だから天気予報がうまくなるんですかね？」

「まさか、そんなはずはないでしょう」

高虎が肩をすくめる。

「もちろん、冗談です。お参りしただけで天気予報がうまくなるなら苦労しません。気象予報士は失業ですよ」

「何だ、冗談ですか。滅多に冗談なんか言わないくせに」

「たまには、いいじゃないですか。ところで、会長。この気象神社以外には、どんなところが杉並七不思議の候補に挙がっているんですか？」

冬彦が訊くと、

「ええ、いろいろあるんですよ」

よくぞ訊いてくれましたという嬉《うれ》しそうな顔で、土岐が揉《も》み手《て》をしながら説明を始める。

「観泉寺《かんせんじ》をご存じですか？」

「あ……本に載っていたような気がしますが、確か、今川《いまがわ》家に所縁《ゆかり》のあるお寺ではありませんか？」

冬彦が答える。

「その通りです。今川家と言えば、織田信長《おだのぶなが》に桶狭間《おけはざま》で討たれた今川義元《よしもと》が有名ですね。義元の死後、今川家は没落しますが、義元の子・氏真《うじざね》が徳川家康《とくがわいえやす》に仕《つか》えたので、今川家は江戸時代を生き延び、明治まで続いたのです。氏真の子孫が今川町あたりの領主になったことで、観泉寺が今川家の菩提寺《ぼだいじ》となったのです。氏真以来、代々の主の墓があります」

「そんなすごい歴史があるんですか」

「そうなんですよ。ただ、七不思議と言えるかどうかは微妙です。今川家の菩提寺が、なぜ、領国であった駿河《するが》ではなく、杉並にあるのか、というのが不思議と言えば不思議なのかもしれませんが、その経緯はちょっと調べればわかってしまいますからねえ。すでに東京都の史跡にも指定されていますし、七不思議と言うより、歴史的な遺産という方がふさわしいのかもしれません」

「なるほど」

「荻窪《おぎくぼ》二丁目に近衛文麿《このえふみまろ》の邸宅があるのをご存じですか？　荻外荘《てきがいそう》と言うのですが」

「近衛文麿と言えば、戦前、何度も総理大臣を務めた人ですね」

「はい。杉並は、昔はとても静かで風光明媚《ふうこうめいび》な土地だったので東の鎌倉《かまくら》と呼ばれていたのです。ですから、近衛公も杉並を気に入ったのでしょう。荻外荘の近くには軍の高官たちが屋敷を構えた一角もあって、そのあたりは中将《ちゅうじょう》通りと呼ばれています。二・二六事件で殺害された陸軍大将・渡辺錠太郎《わたなべじょうたろう》の屋敷もありました」

「観泉寺と同じように歴史の重みを感じますね。戦国時代から戦前までの長い歴史があるなんて、杉並ってすごいんだなあ」

ふむふむと冬彦がうなずく。

「そうなんです。重みがあるんです。杉並はすごいんです。しかし、やはり、七不思議という感じではないかなあ、と悩んでいるところです。それに、今も中将通りには大きな家が建ち並んで、人が住んでいらっしゃいますから、七不思議に含めて公表すると迷惑がられるかもしれません」

「なかなか難しいんですね」

「七不思議にふさわしくても、場所がわからなくなって途方に暮れている、というものもあります」

「場所がわからないというのは、どういう意味ですか?」

「例えば、徳のあるお坊さんが生きたまま墓穴に入り、入滅《にゅうめつ》するまでカンカンと鉦《かね》を打ち続けたというカンカン塚、大金持ちの長者が蓄《たくわ》えた金銀財宝を埋めたという銭塚《ぜにづか》や金塚《かねづか》……いろいろ面白いエピソードがあるのですが、今ではどこにあったのか正確な場所がわからなくなっているんです。みんなで古い記録を調べて、正確に場所を探ろうとしているところです」

「すると、今のところ、皆さんが推薦している杉並七不思議は、この気象神社だけなんですか？」

「いや、実は、もうひとつ、七不思議入りが確実なものがあります」

ふふふっ、と土岐が嬉しそうに笑う。もったいをつけて冬彦を焦《じ》らしたいのだ。

「教えて下さいよ」

冬彦は興味津々だが、その背後で高虎がうんざりした顔をしている。その横にいる喜久子も、さすがに戸惑い顔である。そんな雰囲気を察したのか、土岐以外のメンバーたち、鶴岡、須藤、草薙が、

「わたしたちもそろそろ行こう」

と、土岐を促《うなが》す。

「ああ、わかってるよ。実はですね、高円寺南二丁目の長龍寺に豆腐《とうふ》地蔵というのがあるんですよ」

「豆腐地蔵？」

「ええ、豆腐が大好きなお地蔵さまなんです。とても面白いエピソードがありますが、それはまたの機会に……。他にも幸福橋《こうふく》や塚山橋《つかやま》のような味わい深い橋を七不思議に入れてはどうかという意見もありますが、謎めいたエピソードがあるわけでもないので、今のところ検討中です」

「今日は勉強になりました。どうもありがとうございました」

冬彦が丁寧に礼を述べる。

ようやく終わったか、という顔で高虎が安堵《あんど》の吐息を洩《も》らす。

冬彦、高虎、喜久子の三人が氷川神社を出て、真紀のジョギングコースに従い、駅前に向かって歩いて行くと、背後から、すいませ～ん、という声が聞こえる。

三人が足を止めて振り返ると、杉並歴史クラブのメンバーの一人、草薙満夫が息を切らして追いかけてくる。

「どうなさったんですか?」

冬彦が訊く。

「できれば、あなたの名刺をいただきたいのですが……」

ハアハアと荒い息遣いで、草薙が頼む。

「いいですとも」

冬彦が名刺を取り出して、草薙に渡す。

「ありがとうございます」

草薙は笑顔になると、嬉しそうに頭を下げる。

七

冬彦たちは高円寺駅の南口を横切り、長仙寺に向かう。

寺域をぐるりと回っているとき、

「さっきのおじいさんたちの話を聞いて思い出しました……」

喜久子が口を開く。

「ここは江戸時代から続く由緒あるお寺さんですが、歯が痛いときにお参りするといいらしいですよ」

「へえ、どうしてですか?」

「お寺にある観音さまがほっぺたを押さえているそうなんです」

「なるほど、歯が痛い観音さまということですね」

「歯が痛いのか、たまたま、そういうお姿なのか、それはわかりませんが、歯が痛いときに御利益があるという言い伝えがあるらしいです。七不思議にはならないでしょうけど」

「覚えておきます。あの人たちに会うことがあれば教えてあげなければ」

「もう知ってるんじゃないですか？」

高虎がつまらなそうに言う。

長仙寺を一周すると、そこから住宅街を抜けて西照寺に向かう。二〇分ほどで着く。ここまで来ると、常世田家は目と鼻の先だ。

「大体こんな感じです」

喜久子が言う。

「自宅周辺のジョギングというから甘く考えてましたが、なかなか大変ですね。そう思いませんか、寺田さん？」

「まったくです。いい運動になりますよ」

高虎が疲れた顔でうなずく。

「よろしければ、うちでお茶でも飲んでいって下さい」

「ありがたいのですが、そろそろ署に戻らないといけませんので……」

高虎が断ろうとする。

「いいじゃないですか。お言葉に甘えましょう。もう少し真紀さんの話も聞かせてもらいたいですし」

冬彦は、にこにこしながら喜久子の申し出を受けようとする。

玄関先で三人が話していると、突然、玄関のドアが開き、中年男が現れる。

「あ……あなた、お帰りになっていたの？」

喜久子がハッとしたように言う。

夫の常世田泰治である。

喜久子が小太りで、温和な表情をしているのとは対照的に、泰治は痩《や》せていて背が高く、目つきも鋭い。見るからに神経質そうな感じである。

「何をしている？」

泰治が喜久子をじろりと睨む。

「電話で話したでしょう？　刑事さんたちが真紀のことを調べて下さるのよ。ジョギングコースをご案内してきたの」

「また、そんなことを……」

泰治の表情が険《けわ》しくなる。

「失礼ですが……」

二人の間に冬彦が割って入る。

「杉並中央署『何でも相談室』の小早川と申します」

「寺田です」

二人が挨拶する。

「……」

泰治は無表情に二人を見つめる。

「真紀さんのお父さまでいらっしゃいますね？」

「ええ」

「奥さまから再捜査をしてほしいと頼まれました。再捜査すべきかどうかを判断するための予備調査のようなことをしています」

「ふんっ、口先ばかりで、どうせ何もしてくれないんでしょう」

「あなた、何てことを」

喜久子が慌てる。

「おまえは黙っていなさい」

「再捜査に反対なのでしょうか？」

「その言い方はおかしいですね。一年前にきちんと捜査して、これからまたきちんと捜査するというのであれば、確かに再捜査でしょう。しかし、一年前、警察にきちんと捜査してもらった覚えはありません。あんなものが捜査だというのなら、わざわざ警察に頼む必要はない。素人でもできる。何人かに話を聞いて回って、家出の可能性があるからと、それで終わり。何度も警察に足を運んで、同じ話を延々と繰り返して話したり、事細かに書類にいろいろなことを書き込んだりしましたが、それを元に捜査をしてもらったという覚えはありません。たぶん、書類をたくさん拵《こしら》えて、どこかにファイルして、倉庫にでも放り込んであるのでしょう。誤解しないでいただきたいが、別に警察のやり方を批判しているわけではありませんよ。警察だって、所詮《しょせん》、お役所ですからね。わたしも公務員だから、役所の仕組みはわかっています。仕事が多すぎるから、どうしても仕事に優先順位を付けてしまう。女子高校生が行方不明になったくらいではやる気もしないのでしょう。死体でも発見されれば、また話も違ってくるのでしょうが……」

泰治が興奮気味にまくし立てる。

「やめて下さい。何を言うんですか。真紀が……真紀がそんな目に遭うなんて」

喜久子が悲鳴のような声を出す。

「家に入っていなさい」

「……」

「早く」

「は、はい」

喜久子は冬彦と高虎に軽く会釈《えしゃく》すると、家の中に入る。

「先週の金曜日、真紀さんから電話がかかってきた、と奥さまはおっしゃっていますが、それについては、どうお考えですか？」

冬彦が泰治に訊く。

「事実ではない、と考えています」

「奥さまが嘘をついているという意味ですか」

「そうは言いません。本人に嘘をついているという自覚はないでしょう。いたずら電話か間違い電話があったのかもしれない。それを真紀からの電話だと思い込んでしまった……わたしは、そう思っています」

「話をしたとおっしゃっていますよ。短い会話だったようですが」

「そのあたりが妄想というか、妻の想像ではないかと思うのです。実際、妻がそう言っているだけで、それが本当かどうか確かめる術《すべ》がないわけですしね。あなたたちにひとつだけお願いがあるのです」

「何でしょうか？」

「妻に妙な期待をさせないで下さい。この一年、さんざん苦しみました。調査とおっしゃったが、おざなりな調査をしてお茶を濁《にご》すつもりなのであれば、そんなことはやめていただきたい。最初から何もしない方がましです。あなたたちの目には、さぞや、わたしが無礼で冷たい人間に見えるでしょうが、わたしだって親です。一人娘が行方不明になって何も感じないはずがない。何とか見付けたいと思っているのです。ただ警察に期待しても無駄だと悟っただけです。では、これで」

一礼すると、泰治が二人に背を向けて玄関のドアを開ける。

「真紀さんを見付けられるかどうか、今のところ何とも言えませんが、ひとつだけお約束します。わたしたちは、おざなりな調査なんかしません。真剣に調べます。住民の皆さんの役に立ち、心の痛みを少しでも和《やわ》らげることが警察官の役目だと信じていますから」

冬彦が明るい声で言う。

「……」

泰治が肩越しに振り返る。ちょっと驚いたような顔をしている。

しかし、何も言わずに家の中に入る。


「あんな安請《やすう》け合いをして大丈夫なんですか？」

車を運転しながら、高虎が訊く。

「真剣に調査すると約束しただけですよ。当たり前のことを言っただけじゃないですか」

冬彦が不思議そうな顔で高虎を見る。

「それはそうかもしれませんが、警部殿が、あんな風に自信満々に言えば、やっぱり相手は期待すると思うんですよね」

「別に自信満々だったわけではありません。いつもの自分です」

「いつも自信満々でしょうが。それが問題じゃないかと言いたいんですけどね」

「何だ、そうか。寺田さんにしては遠回しな言い方だから、よくわかりませんでした」

あははっ、と冬彦が笑う。

「あははは っ、じゃないでしょう、まったく」

高虎がむっつり顔で溜息をつく。

「ところで、さっき常世田さんのご主人に会いましたが、どう思いましたか?」

冬彦が訊く。

「ぱっと見、感じの悪い奴だなあと思いましたが、その通りでした。まあ、警察不信で凝《こ》り固まってるんでしょうが、それをさっ引いても嫌な男に違いない」

「ご主人が姿を見せた途端、奥さんの態度が変わったことに気が付きましたか?」

「ええ、もちろん。妙におどおどして落ち着きがなくなりましたよね」

「ご主人の顔色ばかり窺《うかが》ってました」

「亭主関白なんですかね?」

「恐らく、普段からご主人には逆らうことができないんでしょう。ご主人が支配し、奥さんが支配される。そんな関係のような気がします」

「旦那を怖がってるみたいでしたね」

「写真を見ただけですが、奥さんと真紀さんは、似た感じの母と娘じゃないですか。たぶん、性格にも似たところがあると思うんですよね。奥さんがご主人を怖がっていたとすると、真紀さんも怖がっていたかもしれませんね」

「それが何か?」

「真紀さんの失踪は、家出なのか、それとも事件なのか、今は何とも言えませんが、家出だとすると、お父さんを怖がっていたことが理由のひとつかもしれない……ふと、そう思ったんです」
「得意の直感ですね」
「何とでも言って下さい」

八

二月一六日（火曜日）
朝礼前、冬彦は本を読んでいた。杉並の歴史を綴《つづ》った本である。以前に読んだのは、杉並の過去から現在に至る歴史を広く浅く紹介するガイドブックのようなものだった。もう少し詳しく杉並の歴史を知りたかったので、やや専門的な内容の本を手に入れた。歴史的な事柄だけでなく、杉並にちなんだ伝説や昔話も載っている。
通勤電車の中で読み始めたが、なかなか面白いので出勤してからも読み続けている。これは冬彦にしてはかなり珍しいことで、普段は出勤すると、前日調べたことを整理したり、その日の予定を立てたり、報告書を作成したりする。朝礼が終わると、すぐに仕事に取りかかることができるように段取りをつけるのである。

高虎はスポーツ新聞を読んでいる。

理沙子はコーヒーを飲みながら、机の上に置かれた小さな鏡をちらちら眺めている。今日も化粧が決まっていることを確認しているのであろう。

靖子は雑巾《ぞうきん》を手に、せっせと室内の拭《ふ》き掃除に励《はげ》み、亀山係長は青い顔でお腹をさすっている。朝から腹具合が悪いらしい。

樋村はまだ出勤していない。朝礼の五分くらい前にばたばたとやって来るのは、さして珍しいことではない。

「あ〜っ、すいませんけど、何かご用なら、一階の受付を通していただけませんか」

靖子の声がする。

その声に反応して、冬彦が顔を上げる。

「あれ?」

ドアの近くに見覚えのある顔がある。老人だ。

「ええっと、確か……」

「草薙です。昨日、氷川神社でお目にかかりました」

杉並歴史クラブの副会長の一人、草薙満夫が頭を下げる。

一番相談室。

朝礼が終わった後、冬彦と高虎がテーブルを挟んで草薙と向かい合う。

「どういうご相談でしょうか？」

冬彦が訊くと、

「はい、実は……」

草薙が話し始める。

杉並歴史クラブには、会長が一人、副会長が四人いる。全部で五人のクラブなのだ。そのうちの四人には、昨日、氷川神社で冬彦も会っている。いなかったのは、副会長の一人、大平浩一郎《こういちろう》だ。

草薙の相談というのは、大平に関することだった。

大平が二〇〇〇万円という大金を何者かに奪われたというのである。

「二〇〇〇万？」

思わず高虎が声を発する。

「どこで奪われたんですか？」

冬彦が訊く。

「自宅です」

「え、自宅？」

「現金を自宅に保管していたらしいんです」

「それほど多額の現金を盗まれたとなれば立派な犯罪です。こんなところで相談している場合じゃない。すぐに刑事課に行くべきですよ。ねえ、警部殿？」

高虎が冬彦の顔を見る。

「もちろん、そうです」

冬彦がうなずく。

「にもかかわらず、大平さん本人ではなく、草薙さんがここにいる。何か事情があるわけですよね？」

「はい、大平が警察に届けるのを渋ってるんです」

「表沙汰になるとまずい種類のお金ということですか？　政治絡みの金とか……」

高虎が目を細めて草薙を見つめる。

「いえいえ、そんなことはありません。わたしの金ではないから断定はできませんが、大平はそんな男ではありません」

「それなら、どうして警察に届けないんですか？」

「大平がはっきり言わないので、わたしの憶測も混じっていますが、どうやら、家族の誰かが奪ったのではないか、と疑っているようなんです」

「ああ、なるほど……。万が一、警察に届けて、ご家族が犯人だったら、ご家族が逮捕されてしまう。それは避けたい、ということですか？」

「恐らく、そうだと思うんです。とは言え、二〇〇〇万は大金です。わたしには大平がものすごく悩み苦しんでいるのがわかるんです。このままでは心労で倒れてしまうのではないかと心配で……。それで、ご相談に伺った次第です」

「曖昧《あいまい》な点もありますが、どういうご相談なのか、大体のところはわかりました」

「調べていただけますか？」

「それは無理です。できません」

冬彦が首を振る。

「なぜですか？」

「大平さんご本人からの相談であれば、話は違ってきますが、第三者である草薙さんの相談に応じて動くことはできないんです」

「しかし、二〇〇〇万という大金が盗まれたんですよ」

「厳密に言えば、それすら事実かどうか確かめようがありません」

冬彦がぴしゃりと言う。

「そんな……」

「大平さんを連れていらしたら、どうですか？　わたしたちが話を聞けば何らかのアドバイスができるかもしれません。その上で被害届を出すかどうか決める、というやり方もあります」

高虎が横から口を挟む。

「そうかもしれません。わかりました。何とか、大平を説得してみます」

草薙は腰を上げ、すっきりしない顔で相談室を出て行く。

九

夕方、冬彦と高虎は荻窪に向かった。荻窪駅近くのファミリーレストランで喜久子と待ち合わせている。車ではなく電車で行くことにしたのは、渋滞に巻き込まれるのを避けるためである。ちょうど道路が混む時間帯なのだ。

喜久子に用があるわけではない。真紀の親友として「捜索願」に記載されていた同じ高校の同級生、菊沢紀香と増岡晴美《ますおかはるみ》から話を聞くのが目的だ。通常の捜査であれば、学校や自宅に出向いて話を聞けばいいが、今は捜査するかどうかを判断する予備調査の段階に過ぎないから、相手の都合にも配慮し、喜久子を介して、いつなら話を聞かせてもらえるか、二人に問い合わせてもらったのである。

すると、今日の夕方で構わないそうです、と喜久子から連絡があった。それで冬彦と高虎は荻窪に向かっている。待ち合わせ場所は相手側の都合に合わせた。

「お母さんが頼み込んだんでしょうね」

「ええ、そう思います」

「最初から、それを狙《ねら》っていたわけですか？　お母さんを通して頼めば、向こうも断りにくいだろうと考えて」

「嫌だなあ。そこまで人は悪くないですよ」

「素直には信じられない。十分すぎるくらいに人が悪いし、あざといからなあ。自覚はなさそうですが」

　高虎が疑わしそうな目で冬彦を見る。


　冬彦と高虎がファミレスに入る。奥まった壁際のボックス席に喜久子たち三人が坐っているのが見えた。待ち合わせ時間より早く来たらしい。

「お待たせして、すいません」

　冬彦が声をかけると、喜久子が軽く会釈する。

　晴美と紀香の二人は、やや緊張した面持ちで並んで坐っている。

「こちらがさっき話した小早川さんと寺田さんよ。真紀のためだと思って、できるだけ正確に質問に答えてちょうだいね」

　喜久子が言うと、二人は、はい、と小さな声で返事をする。

「わたしがいると話しにくいこともあるかもしれませんから、向こうにいますね」

ボックス席はすべて埋まっているが、カウンター席にはいくつか空きがある。そっちに移動するというのだ。

「そうしていただけるとありがたいです」

冬彦がにこっと笑う。どっちみちボックス席は四人掛けだから、喜久子には移動してもらう必要があるし、喜久子がいると話しにくいことがあるかもしれないというのも、その通りである。ウェイトレスが注文を取りに来たので、冬彦と高虎はドリンクバーを頼む。

「取ってきますよ。何がいいですか？」

「野菜ジュースがいいんですが」

「ないんじゃないですか」

「じゃあ、オレンジジュースでいいです。あ……果汁一〇〇%でなければ結構です。その場合は、烏龍茶《ウーロンちゃ》をお願いします」

「はいはい」

ドリンクひとつにも注文が多いぜ、と舌打ちしながら高虎がドリンクバーコーナーに歩いて行く。

冬彦は席に着くと、紀香と晴美に顔を向ける。

二人はうつむいて口を閉ざしている。

（この二人、何を警戒してるんだろう？　警察が怖いのかな……）

二人を観察すると、表情や手の動き、呼吸の速さなどから、露骨《ろこつ》なほど明白に二人がバリアーを張っているのが冬彦にはわかる。まるでテーブルの真ん中に壁があって、二人はその壁の陰に身を潜《ひそ》めているかのようだ。できれば二人の足も観察したかったが、さすがにそれは自重する。

嘘は顔に出やすい。だから、表情を読ませないように取り繕《つくろ》う。それでも熟練すれば、嘘を見破ることができるが、もっと簡単な方法がある。それが足の観察なのである。まさか自分の感情が足に表れるなどとは普通の人は知らないから、足に関しては無防備なのである。顔を見なくても、手と足の動きや向き、仕草を観察すれば大抵のことがわかるのである。

二人の足がどうなっているか想像できるし、その想像は間違っていないだろうという確信がある。二人の爪先はファミレスの出口に向いているはずだ。一刻も早く、この場を立ち去りたいという潜在意識の表れである。

「オレンジジュースです。果汁一〇〇%と表示してありましたよ」

冬彦の前にグラスを置く。

「ありがとうございます」

高虎が冬彦の隣に坐る。コーヒーをテーブルに置く。

「杉並中央署の小早川です」

「寺田です」

「どっちが菊沢さんかな？」

「わたしです」

派手な顔立ちの美人である。

「ということは、君が増岡さん？」

「はい」

紀香に比べると、ずっと地味で平凡な顔立ちの増岡晴美がうなずく。

「君たち二人は真紀さんの大の親友だったと聞いているけど、それでいいのかな？」

「はい」

二人が小さくうなずく。

「菊沢さんは部活が同じなんだよね。バスケットボール。増岡さんは？」

「わたしは書道部です」

「どうして、真紀さんと親しくなったのかな？」

「クラスが同じなんです。文化祭の実行委員を一緒にやったことがあって、それから仲良くなりました」

「菊沢さんと増岡さんも友達だったの？」

「いいえ、紀香とはクラスが違いますから。真紀と親しくなってから、紀香とも仲良くなったんです。たまたま三人とも帰る方向が同じだから一緒に帰るようになって、休みの日に三人で買い物に行ったりとか……そんな感じです」

晴美が答える。

「仲良し三人組だったわけだね？」

「はい」

「真紀さんの行方がわからなくなったときは、さぞ驚いただろうね？」

「……」

二人が無言でうなずく。

「それを知ったとき、どんな気持ちだったのかな、菊沢さん？」

「どんなって……何があったのかわからないし、とにかく、無事に戻ってきてほしいという、それだけでした」

「増岡さんは？」

「紀香と同じです。無事に戻ってほしいと祈ってました」

「もう一年近くになるんだよね。真紀さんから何か連絡はあったかな？　メールとか電話とか……」

「ないです」

二人が揃って首を振る。

「先週、お母さんに真紀さんから電話がかかってきたという話は聞いた?」

「聞きました」

「どう思った?」

「びっくりしました」

「信じられませんでした」

「なぜ、そんなに驚いたの?」

「なぜって……」

紀香と晴美が戸惑ったような表情で顔を見合わせる。

「ありがとう。もういいよ」

「え」

「助かりました。もしかすると、また話を聞かせてもらうかもしれないけど、構わないかな?」

「はい。いいですけど」

二人が小さくうなずく。

高虎が支払いをしている間に、冬彦はファミレスの前で喜久子、紀香、晴美の三人を見送った。レジが混んでいたせいで、高虎が店から出てきたのは五分くらい経ってからだ。

もう三人の姿は見えなくなっている。

冬彦と高虎も駅に向かって歩き出す。

「随分あっさり二人を解放してしまった気がしますが、あれでよかったんですか？」

いつもは、もっとねちっこいのに、と付け加えるのを忘れなかった。

「いやあ、ぼくとしたことが失敗しました」

「何のことですか？」

「菊沢さんと増岡さん、別々に話を聞くべきでしたね。二人が何かを隠しているのはわかりましたが、絶対に何もしゃべるもんかという強い意志を感じました。寺田さんも感じましたか？」

「緊張してるのかな、とは思いました。何か秘密があるんですかね？」

「ありますね。ただ、その秘密が真紀さんの失踪に関わることなのかどうかまではわかりません。それにしても、二人の態度は奇妙でしたよね。親友だったという割には受け答えが淡々《たんたん》としていたし、真紀さんからお母さんに電話がかかってきたことについても、口で言うほど驚いた様子ではなかった」

「失踪から一年近く経ってますからね」

「時間が原因ですか？」

「親だったら、たとえ何年経とうが、いつまでも必死に子供のことを思い続けるでしょうけどね」

「親友って、そんなものなんですか？　ただの知り合いならわかりますが……。ぼくには親友なんかいないから、そのあたりの心理が理解できませんよ」

「親友、いないんですか？」

「いません。親友もいないし、ただの友達もいませんね。知り合いならいます。寺田さんも知り合いの一人です。同僚でもありますが」

「警部殿、意外と哀れなんですね」

「なぜですか？」

「だって、友達が一人もいないなんて……淋《さび》しくないんですか？」

「そう感じたことはありません」

なぜ、そんなことを訊くのか、と不思議そうな顔で高虎を見つめる。

第二部　銭塚《ぜにづか》

一

二月一七日（水曜日）

「無駄足でしたね」

「仕方ありませんよ。こういうこともあります」

高虎は疲れた顔だが、冬彦の方は表情が生き生きしている。

朝礼が終わった後、二人で成田《なりた》西二丁目にある介護施設に出向いた。その帰りなのである。その介護施設には、常世田真紀を最後に目撃した神田文子《かんだふみこ》という女性が入所している。文子の自宅は高円寺南四丁目、高円寺のすぐ近くにあり、真紀の行方がわからなくなった日、たまたま自宅前で打ち水をしていたら、ジョギングをしている真紀が通りかかったという。警察が情報提供を呼びかけた直後、

「確か、そういう格好をした娘さんを見かけた気がします」

と申し出たのである。

他にも何件か目撃情報が寄せられたが、常世田家から最も離れた場所で真紀を目撃したのが神田文子で、結果的に、文子が真紀を最後に目撃した証人ということになった。

文子は七六歳だが、去年の春、脳梗塞《のうこうそく》の発作で倒れ、左半身が麻痺した。その頃から認知症の症状が急速に進み、半年ほど前に介護施設に入った。

事前に連絡しておいたので、文子の聴取には文子の娘・寺崎真知子《てらさきまちこ》が立ち会った。

「申し訳ありません。今日は、ダメみたいです」

「ああ、そうですか」

認知症といっても、たまに霧が晴れるように昔の記憶が鮮《あざ》やかに甦ることがあるという。ただ、そういう時間は長くはないし、いつ、そういう状態になるのかもわからない。何日もぼんやりしていることもあれば、半日くらい霧が晴れていることもある。

寺崎真知子が、ダメみたいです、と言ったのは、昨日の夜から文子がずっとぼんやりしており、昔のことを質問しても何も答えられないだろう、という意味だった。

それでも、せっかく足を運んだのだからと、冬彦と高虎は文子に質問してみた。

しかし、無駄だった。

冬彦の顔を見てにこにこし、質問にはうなずくものの、トンチンカンな返答しか返ってこないのだ。さすがの冬彦も三分で質問を打ち切った。もし霧が晴れたら連絡して下さい、と頼み、冬彦と高虎は一〇分ほどで辞去した。

「車で往復しただけなのに、寺田さん、疲れすぎじゃないですか？」

「そんな日もあります」

「どうせ飲み過ぎでしょう。お酒の臭いがしますからね」

「嘘でしょう」

ちゃんとシャワーを浴びたんだから、と言いながら、それでも心配になったのか、くんくんと鼻を鳴らして自分の体臭を嗅《か》ぐ。

「嘘です」

「やっぱり」

「後ろめたいことがあるから、ドキッとするんですよ」

「別に後ろめたくはありませんがね」

「夜遅くまでお酒を飲んで、アルコールが抜けきっていないのに車を運転すれば酒気帯《お》び運転ですよ。よかったですね、検査されないで」

「感じ悪いなあ。署に戻ってから、それを言いますかね。そう思うんだったら、自分が運転すればよかったのに」

「寺田さんの酒気帯びと、ぼくの運転技術……明らかにぼくが運転する方がリスキーですからね。安全のために黙っていました」

「はいはい、わかりました。何でも好きなことを言えばいいでしょう。どうせ言いたい放題なんだから」

「あれ……樋村君の声じゃないですか？」

「そうらしい。あいつ、何を騒いでるんだろう」

廊下にまで響くほど大きな声である
何事が起こったのか、冬彦と高虎は小走りに「何でも相談室」に向かう。

「おい、どうしたんだよ？」

部屋に走り込むなり、高虎が訊く。

「やばいんです、大変なんです！」

受話器を戻しながら、樋村が叫ぶ。

「たとえ何があろうと常に冷静さを保つことを心懸《こころが》けるのは警察官としての基本だと思う。そういう見方からすれば、樋村君は警察官に向いてないのかもしれないね」

冬彦が淡々と言う。

「糸居洋子さんが襲われたんです」

椅子に坐って、腕組みしていた理沙子が言う。樋村とは対照的にいたって冷静である。

「え？　糸居洋子って、確か……」

高虎が首を捻る。

「一昨日、相談に来た女性だよね？　最近、頻繁に無言電話がかかってきており、それだけでなく、自宅の半径五〇〇メートルから外に出るなというハガキまで受け取った。誰かに脅迫されているから何とかしてほしい、と訴えたものの、樋村君はあっさり拒否した……」

「うわ〜っ、すげえ歪曲《わいきょく》してるじゃないですか。まるで糸居さんが襲われたのが、ぼくのせいみたいに聞こえるな〜」

「うるせえ、黙れ！」

　高虎が樋村の耳を引っ張る。

「痛っ！　マジで痛いじゃないですか」

「やかましい口を閉じないと、もっと痛くするぞ、この野郎」

「だって、警部殿があんなことを言うから」

　樋村は涙目になっている。

「で、どういう状況なの？」

　冬彦が理沙子に訊く。

「詳しいことは、何もわからないんです。もう刑事課が動いているようなので、うちの出番はなさそうですが、一昨日、相談を受けたばかりですし、気になるので、これから二人で現場に行こうかと思っているんです」

「わかりました。じゃあ、ぼくたちも行きます」

「は？　何で、おれたちまで行くんですか」

高虎が怪訝な顔になる。

「だって、ぼくたちはチームじゃないですか。困ったときには助け合うのがチームですよ。みんなで樋村君の尻拭《しりぬぐ》いをしてあげましょう」

「ですから、ぼくは何もしてませんよ」

樋村が顔を歪ませる。

「その通りだよ、わかってるじゃないか。何もしなかったことが樋村君の罪なんだよ」

冬彦がにこっと笑う。

二

冬彦、高虎、理沙子、樋村の四人は高円寺北二丁目にあるスーパーマーケットに向かう。高円寺駅のすぐそばである。そのスーパーマーケットの駐輪場で糸居洋子が襲われたというのだ。

駐輪場はあるが駐車場はないので、近くにあるタワー型の駐車場に車を停める。

駐輪場に行くと、制服警官の姿が目に入る。四人くらいいる。刑事課の古河祐介主任、中島敦夫巡査部長もいる。古河と中島に挟まれる格好で中年女性が立っており、大袈裟《おおげさ》な身振りを交えながら、何やらまくし立てている。糸居洋子である。

「糸居さん、病院じゃないのかな」

樋村が首を捻る。何者かに襲われたと聞いたから、てっきり被害者の洋子は病院に運ばれたのだろうと思い込んでいたのだ。

「すごく元気そうに見えるけどな。あれで、どこか怪我をしてるのか？」

高虎がつぶやく。

「ふうむ……」

冬彦は洋子を見つめたまま、何やら考えごとをしている。

「警部殿、どうかしましたか？」

理沙子が訊く。

「随分、スポーティーな格好をしているなあ、と思って」

洋子を見つめながら、冬彦が言う。洋子はサンバイザー付きの帽子を被り、ピンクとシルバーのトレーニングウェアの上下を着ている。履いているのも運動靴だ。

「テニスをなさるんじゃないですかね」

「わかるの？」

「自転車の籠《かご》にリュックが入ってますけど、リュックから見えている棒のようなもの、たぶん、テニスラケットの柄の部分ですよ」

「ああ、そうか」

冬彦がうなずく。

「じゃあ、どこかにテニスに行く途中、もしくは、テニスの帰りにここに立ち寄って、何者かに襲われたということなのかな？」

「行ってみましょう」

高虎が先になって歩き出す。

「ねえ、どういうことなんですか？　こんな目に遭ったのに、どうして警察は何もしてくれないんですか？」

洋子の目が据わっている。よほど腹を立てているに違いない。

冬彦たちが近付いていくと、

「あ、刑事さんたち！」

理沙子と樋村の顔を見て、洋子の方から二人に歩み寄ってくる。

「脅迫されたって相談しましたよね？　無言電話に脅迫ハガキ……あなたたちが何もしてくれないから、とうとう切り裂かれてしまったのよ！」

今度は怒りの矛先が理沙子と樋村に向けられる。

その隙に冬彦と高虎は古河と中島のそばに寄り、

「どういうことなんですか？」

と、そっと訊く。

中島がゆっくり後退りしながら、

「これを見て下さい」

と、籠にテニスリュックの入った洋子の自転車を指で示す。

「ん？」

冬彦と高虎が目を凝《こ》らす。

自転車の前輪と後輪がパンクしている。

「切り裂かれたって……自転車のタイヤか？」

高虎が呆れたように訊く。

「はい」

中島がうなずく。

「糸居さん本人に怪我はないんですか？」

冬彦が訊く。

「ありません」

中島が首を振る。

「おれたちが聞いた話と違うぞ。糸居さんが何者かに襲われて怪我をした、と聞いたんだ。だから、四人で飛んできた」

「わたしたちも、そう聞いたんです」

「誰からですか？」

「糸居さんです……」

中島が声を潜める。

「普通は一一〇番通報して、近くにある交番から巡査が駆けつけます。うちに連絡が来るのは、その後です。でも、この件は、糸居さんご本人が刑事課に直《じか》に電話してきたんです。以前、相談にいらしたとき、わたしが教えてしまったんです。誰かに襲われて切られた、切られた、と電話の向こうで騒ぐから、こっちもびっくりして、場所を確認して、すぐに救急車の出動を要請し、駅前の交番からも巡査を派遣してもらいました。それから主任と二人で急いで駆けつけたというわけです。で、ここに来てみたら自転車が……」

「怪我の具合を電話で確認しなかったのか？」

「すぐに電話が切れてしまったんです。電話を折り返しても出ないので、緊急事態だと判断しました」

「その結果が、これか……」

高虎が周囲を見回す。駐輪場には四人の制服警官、私服の刑事が六人もいる。自転車のパンクのために、これだけの警察官が集められたのだ。高虎が呆れるのも無理はない。

「これから、どうするの？」

冬彦が訊く。

「どうするって……自転車のパンクですよ。大掛かりな捜査なんかできるはずがありません。まあ、防犯カメラくらいはチェックしてみますが……。今は糸居さんが興奮しているから、少し落ち着きを取り戻したら家に送ります」

「そうだな。あの自転車には乗れないだろうからな。何なら、自転車屋に同行してパンクを直してもらったらどうだ？」

「実は、主任が糸居さんにそう言ったんです。近くの自転車屋でパンクを修理してもらいますかって」

「そうしたら？」

「証拠品なんだから警察に持って行って下さいと言われました」

「確かに糸居さんが襲われて怪我をしていたら、そういうことになったかもしれないね。証拠品なんだから。何はともあれ無事でよかった。そう思いませんか、寺田さん？」

「そうですね。とりあえず、おれたち二人は署に戻りましょう」

「はい」

珍しく冬彦が素直にうなずく。

三

理沙子と樋村は駐輪場に残ったので、冬彦と高虎だけが先に電車で署に戻った。

「ああ、出かけてばかりで疲れるわ。休憩、休憩」

高虎はコーヒーをカップに注ぐと、自分の席に着き、コーヒーを飲みながらスポーツ新聞を読み始める。

冬彦は資料室に出向き、杉並区の住宅地図を借り出す。必要な箇所をコピーすると、それを机の上に広げて、何やら、せっせと作業に没頭する。

一時間ほどすると、理沙子と樋村が戻ってくる。

「早いじゃないか」

高虎が声をかける。

「古河主任と中島さんが糸居さんを自宅に送っていったんです。それを見届けて、ぼくたちも帰ってきました」

樋村が言う。

「よし、いいぞ」

いきなり冬彦が立ち上がる。

「安智さん、樋村君、戻ってきたばかりで悪いけど、これから糸居さんの家に行ってみようよ」

「え、糸居さんの家に？　何しに行くんですか？」

樋村が驚く。

「捜査に決まってるじゃないか」

「あれは刑事課の事件ですよ。うちが手を出すのはまずいでしょうが」

やる気のなさそうな顔で高虎が言う。

「捜査をするつもりはないと中島君が言ってました」

「あんな下っ端の言うことなんか当てになりませんよ」

「それなら古河さんに確かめに行きましょう」

「嫌ですよ」

「そんなこと言わないで。ほら、ほら、ほら！」

冬彦が高虎を引きずるように「何でも相談室」から出て行く。


刑事課。

まだ古河と中島は戻っていなかった。

「いないじゃないですか。無駄足だったな。上に戻りましょう」

刑事課は三階で、「何でも相談室」は四階である。

「きっとすぐに戻ってきますよ。待っている間、ぼくの推理を聞いて下さい」

「推理？　嫌ですよ。聞きたくありません」

「そんなことを言わずに」

「何にでも首を突っ込むのは悪い癖ですよ。相手から頼まれたのならともかく、こっちから押しかけるなんて……。うちは生活安全課なんですよ。それを忘れないで下さい」

「いいじゃないですか、『何でも相談室』なんですから」

「生活安全課の中にある『何でも相談室』ですよ。そこからはみ出してはダメなんです。警察の中にもきちんと役割分担があるんだから」

「正論ですね。素晴らしいです」

「茶化《ちゃか》さないで下さい。以前も言ったような気がしますが、警部殿、うちにいるより刑事課にいる方がいいんじゃないですか？　生活安全課が扱う地味な事件より、刑事課の扱う派手な事件の方が好きみたいですからね。春の異動で刑事課に行かせてもらえばいいじゃないですか。あ、そうだ、いっそ本庁に行けばいいんですよ。科警研から杉並中央署に異動してきたくらいだから、うちから本庁への異動なんか簡単じゃないですか。よっぽど強力なコネがあるんだろうし」

「それも悪くありませんね。生活安全課だろうが刑事課だろうが、とにかく、ぼくは世のため人のためになることがしたいだけですから」

「人のためというのなら、おれのことも考えて下さいよ。警部殿に振り回されている樋村や係長のことも、ね」

「あくまでも困っている人たち、警察を頼りにしている住民の皆さんのために、という意味です。それに異動にしろ何にしろ、この事件を解決してからの話です。ぼくは何事も中途半端なまま放り出したりはしませんから」

「やる気満々ですか。生活安全課が刑事課から事件を横取りしてどうするかねえ……」

高虎が舌打ちする。

そこに中島と古河が帰ってきた。

「あれ、どうしたんですか、警部殿と寺田さん？」

中島が訊く。

「糸居洋子さんのことで伺いたいことがあるんです」

「じゃあ、こちらへ」

応接室に冬彦と高虎を誘導する。ソファとテーブルがある。

四人がソファに腰を下ろすと、

「何かわかりましたか？」

冬彦が切り出す。

「スーパーの警備員に防犯カメラを確認してもらったんですが、糸居さんが自転車を置いた場所、柱の陰で、ちょうど防犯カメラの死角なんですよ。今のところ目撃者も見付からないし、お手上げですね」

古河が説明する。

「それほど広い駐輪場でもなさそうでしたが、死角があるんですか？」

冬彦が訊く。

「店内には万引きを防止するために何台も防犯カメラが設置されています。しかし、駐輪場には申し訳程度に一台しか設置されていません。店内のモニターをチェックするのが忙しく、駐輪場のモニターはほとんど見ていない、と警備員も話してました」

中島が言う。

「ただの自転車のパンクなのに、よく調べたな」

高虎が感心したように言う。

「子供のいたずらかもしれませんが、無言電話やおかしなハガキの件で相談されていましたからね。そうでなければ、ここまでやりませんよ。というか、中島が先走ったりしなければ、こんな大騒ぎにもならなかったでしょう」

古河が横目で中島を睨む。

「すいません。糸居さんの電話に惑《まど》わされてしまって……」

中島が肩をすぼめて小さくなる。

「捜査は続けるんですか？」

「これ以上は難しいです」

古河が首を振る。

「それなら、ぼくたちが調べても構いませんか？　糸居さんは『何でも相談室』にも相談に来ましたし、うちもまったく無関係とは言えませんから」

「構いませんよ。むしろ、そうしてもらえるとありがたいです。糸居さんが不安を抱いて怯えているのは本当だし、われわれ警察に不信感を持っているようなので、このまま放置するのもまずいと思っていました」

「ということです。うちの事件になりました」

冬彦が高虎を見て嬉しそうに笑う。

四

冬彦、高虎、理沙子、樋村の四人が車で糸居家に向かう。

樋村が電話でアポを取ったが、

「ようやく、やる気になって下さったんですね」

と、糸居洋子は喜んだ。

道々、冬彦と高虎は洋子の自転車が駐輪場でパンクさせられるに至った経緯を聞いた。冬彦と高虎は先に引き揚げたので詳しい事情を知らないのだ。

理沙子が推察したように、洋子はテニスに出かけるところだった。駅向こうにある「ラムセス」というスポーツクラブでテニスを習っているのだ。九〇分間の通常レッスンを受け、その後、親しい仲間だけのグループ練習を二時間する予定だったという。グループ練習は通常レッスンとは異なり、会員が個人でテニスコートをレンタルし、コーチにも別料金を支払ってレッスンしてもらうシステムだ。

グループ練習の前後には各自が持ち寄ったお菓子をつまみながら、コーチを囲んでテニス談議に花を咲かせるのが常だという。そのお菓子を買うために洋子はスーパーマーケットに寄ったのである。店内にいたのは、わずか一〇分ほどに過ぎない。買い物を終えて駐輪場に戻ると、自転車がパンクしていたという。驚いた洋子は、すぐさま中島に電話をした。

「なぜ、『何でも相談室』ではなく、中島君に電話したのかな？　名刺を渡さなかったの」

冬彦が訊く。

「ちゃんと渡しましたよ。たまたま中島の名刺がすぐに財布から出てきた、というだけの理由らしいです」

理沙子が答える。

「無言電話、ハガキ、自転車のパンク……同じ人間の仕業なんですかねえ？」

運転しながら樋村がつぶやく。

「無言電話と嫌がらせハガキは同じ犯人かもしれないけど、パンクはどうかしらね。無言電話をしたり、ハガキを出すのは陰湿だけど暴力的ではないでしょう？　だけど、自転車のパンクは一歩間違えると暴力犯罪にエスカレートする可能性がある」

理沙子が言う。

「自転車から人間へと対象がエスカレートするという意味ですか？」

樋村が訊く。

「普通は、そう簡単にエスカレートしないんでしょうけどね。自制心が働くから。違いますか、警部殿？」

理沙子が冬彦に話を振る。

「そう思います」

「関連性が薄いのなら、わざわざ調べなくてもよさそうな気がしますけどねえ」

樋村がぼやく。

「関連性が薄いというのは、関連性がないということではないよ。あくまでも可能性が小さいというに過ぎない。可能性がゼロでないのであれば、やはり、きちんと調べるべきだと思うけどな」

「了解です。どうあがいても口では警部殿にかないませんから」

樋村が顔を顰める。

「そうだよ、諦めろ。議論するだけ無駄だ。疲れるだけなんだよ」

高虎が腕組みして目を瞑《つむ》る。

青梅街道が環七通りにぶつかると、樋村は車を左折させる。道なりに走って大久保《おおくぼ》通り入口にぶつかると、信号を左折して細い道に入っていく。

「あれ……このあたり、最近、来ましたよね？」

冬彦が高虎の顔を見る。

「一昨日ですよ。常世田さんと三人で歩いたでしょう？」

片目だけ開けて高虎が答える。

「そうか、このあたり高円寺南二丁目なのか。うっかりしてた。糸居さんのお宅、この近くなんだよね？」

冬彦が樋村に訊く。

「そうですよ。もうすぐです」

樋村が車を停めたのは桃園川緑道のそばである。糸居洋子の自宅は桃園川緑道に面した一戸建てである。高円寺南二丁目と四丁目の境界付近にあるのだ。

「ふうん、奇遇だなあ」

「そんなに驚くこともないでしょう。家が隣同士ってわけでもないし。何百メートルも離れてるんだから」

　車から降りると高虎が大きく伸びをする。

「そうかなあ……」

　冬彦が首を捻る。

　ちょうど家から糸居洋子が出てきたので、

「いきなりで失礼ですが、常世田さんというお知り合いはいらっしゃいませんか？」

「え？　とこよだ……。さあ、わかりませんけど、それが何か？」

「いいえ、それならいいんです。早速ですが、お話を伺いたいのですが」

「ええ、どうぞ、お入りになって下さい」

　洋子が四人を自宅に招き入れる。

「お邪魔します」

　一〇畳ほどの広さのリビングに入り、四人はソファに腰を下ろす。洋子がお茶を用意する。あらかじめ支度してあったらしく、すぐに五人分のコーヒーをお盆に載せて台所から戻ってくる。

　テーブルにカップを並べ、ビスケットを盛った皿を置くと、洋子もソファに腰を下ろ

す。ふーっと大きく息を吸うと、

「こうして来て下さったのに、こんなことは言いたくないんですけどね……」

と前置きして、それから一〇分以上にわたって、警察の対応、特に古河と中島の対応についての不満を述べた。放っておけば、いくらでもしゃべり続けそうだったが、不意に洋子の口が閉じられた。リビングにふらりと中年男が入ってきたからだ。

「出かけるの？」

「……」

男は黙ってうなずくと、テレビの横に置いてあるコンソールテーブルの上から本と小銭入れを取り、本は手提げバッグに、小銭入れはズボンのポケットにしまう。

「夫の貴之《たかゆき》です」

洋子が紹介する。

「こちら刑事さんたちよ」

「お邪魔しています」

「……」

貴之は口許に自信のなさそうな薄ら笑いを浮かべると、軽く会釈し、何も言わずにリビングから出て行く。

「夫がもう少し頼り甲斐があればいいんですけど」

洋子が溜息をつく。

「鬱《うつ》病なのですから仕方ありませんよ」

冬彦が言うと、洋子がびっくりした顔で、

「なぜ、わかるんですか？」

「わたしの身近にも心を病んでいる人がいるんです。ご主人は仕事のストレスが原因ですか？」

「ええ……銀行員なんですが、仕事の重圧で鬱病になってしまって休職中です。元々、あまりしゃべらない人でしたが、今ではほとんど口を利きません」

「よくわかります。大変だと思いますが、気長に温かい目で見守ってあげて下さい。それが一番ですから」

「ありがとうございます」

洋子が人差し指で目尻を拭う。涙が出てきたらしい。

「警部殿」

高虎が冬彦の脇腹を肘《ひじ》でつく。話が脇道に逸れている、と言いたいのであろう。

「これを見ていただけますか」

コーヒーカップの位置をずらし、冬彦がテーブルに地図を広げる。資料室でコピーした地図だ。

「ん？　円が描いてありますね」

理沙子が気が付く。

「うん、あらかじめ糸居さんのお宅を中心に半径五〇〇メートルの円を描《か》いておいたんだよ。糸居さん、この円を気にせず、普段よく行く場所を教えていただけませんか。そうですね、週に一度くらいは行く場所ということでお願いします」

冬彦が赤ペンを手にする。

「週に一度……」

「あまり深く考えなくて結構です。二週間に一度でも三週間に一度でもいいんです。たくさんありますか？」

「そんなにはないと思いますけど……」

洋子が地図に目を凝らす。

「環七通りの向こうには、ほとんど行きませんね。ええっと、このあたりは週に一度か二度は散歩で行きます」

高円寺南二丁目、いくつもの寺が集まっているあたりを指差す。

「お寺ですか？」

「境内は静かだし、お寺を回ると散歩にちょうどいい距離なんですよ」

「なるほど」

冬彦がお寺に赤い丸を付けていく。

「息子が小学生の頃は児童館によく行きましたけど、最近は全然行ってないわ。あ……図書館には、たまに行きます」

「図書館、と」

また赤い丸を付ける。

「駅前の耳鼻科……週に一度も行きませんけどね。三ヶ月に一度くらいかしら。もちろん、どこか悪くして通い始めると、週に何度も行きますけど」

「念のために印を付けておきましょう」

「銀行には月に一度か二度は行きます。郵便局も」

「はい」

「ここのケーキ屋さんには月に一度は行きます。その近くの花屋さんにも」

「はい」

「今日のスーパーには週に二度は行きますね。テニスに行く前には必ず寄りますから」

「ということは、スーパーマーケットとスポーツクラブはセットということですね」

「そうですね」

それ以外にもエステサロン、ネイルサロン、美容院、高円寺駅、整骨院、鍼灸《しんきゅう》院、喫茶店、ファミリーレストラン、ガソリンスタンド、コンビニなど、ざっと三〇くらいの印が付いた。

しかし、ほとんどが半径五〇〇メートルの円内に収まっており、円の外で印が付いた場所は三つしかない。スポーツクラブ「ラムセス」、スーパーマーケット、ファミリーレストランの三つだ。「ラムセス」には週に二度は行っており、「ラムセス」に行く前はスーパーマーケットで必ずお菓子を買う。ファミリーレストランは、テニスのレッスンの後、たまに仲間たちとお茶をすることがあるものの、毎回というわけではなく、せいぜい、月に一度か二度くらいのものだという。

「今日もテニスをする格好をしてらっしゃいましたよね？　もう長く続けておられるのですか」

駐輪場にいた洋子の姿を思い出しながら冬彦が訊く。

「テニス自体は、もう一〇年くらいやってます。最初のうちは運動不足にならないように、たまに体を動かそうという程度だったんですが、去年、コーチが代わってからテニスの面白さに目覚めたというか……楽しくてたまらないんです。試合にも出るようになって、試合でいい結果が残せると嬉しいんですね。わたしだけでなく、レンタルコートのグループレッスンに参加している会員さんたち、みんながそうだと思いますけど」

「コーチが代わって、みんながやる気になるなんてすごいですね。ちなみに何というコーチですか？」

「宮崎健介《みやざきけんすけ》コーチです」

「そのグループレッスンに参加している会員さんたちのお名前も伺ってよろしいでしょうか？」

メモを取りながら、冬彦が訊く。

「コーチや会員さんたちが何か？」

洋子が怪訝な顔になる。

「念のためです。ご迷惑をおかけすることはありませんから」

「はあ……」

洋子が会員たちの名前を口にする。

「ただいま」

玄関で声がして、背の高い若者がリビングを覗き込む。

「長男の繁之《しげゆき》です。こちら、警察の方々よ。いろいろ調べて下さるの」

「よろしくお願いします」

ぺこりと頭を下げると、繁之は二階に上がっていく。

「大学生ですか？」

「一年生です。わたしのことを心配して、講義が終わるとすぐに帰って来るんです」

「いい息子さんだ」

それまで黙っていた高虎がつぶやく。

五

冬彦たち四人は糸居家を辞すと、車で「ラムセス」に向かった。

「糸居さんのお宅、大変そうですね」

樋村が言うと、

「父親が鬱病で休職中、母親が何者かに嫌がらせを受けている……そんな状況では息子さんも心配になるわよね」

理沙子がうなずく。

「父親が頼りにならないから自分がしっかりしなければ、と思うんじゃないか？」

高虎が言う。

「ご主人と奥さんの間に隙間風が吹いているのは確かですね。鬱病になり、仕事を休んで家にいるようになったことが原因なのか、あるいは、それ以前から夫婦関係はぎくしゃくしていたのか、そこまではわかりませんが、奥さんがご主人に向ける視線の冷たさはかなり深刻ですね」

「警部殿も身近に鬱病で苦しんでいる人がいると言ってましたよね？」

樋村が訊く。

「お……あそこみたいだね、『ラムセス』という看板が出ている」

樋村の質問を露骨に無視して、冬彦が声を上げる。

「コインパーキングを探さないと」

「駐車場入口と書いてあるぞ」

高虎が前方を指差す。看板の下に「駐車場入口」という矢印が出ている。

「こんな駅の近くのスポーツクラブなのに駐車場があるなんてすごいなあ」

樋村が感心し、矢印に従い、徐行して駐車場の方に向かう。

「こう書いてあるわ。『会員さまのみ一時間二〇〇〇円、三〇分毎に一〇〇〇円の延長料金発生。会員さま以外の部外者が無断駐車した場合は罰金一〇万円を申し受けます』だって」

理沙子が説明書きを読む。

「げ〜っ、高すぎでしょう。経費で落ちなかったら、絶対に駐車しないな。会員になんかならない」

「そもそも、入会できないんじゃない？　駐車料金がこんなに高いのなら、きっと入会金も会費ものすごく高いだろうから」

理沙子がからかうように言うと、

「樋村君には無理だと思うし、そもそも、スポーツクラブに入る意味がないね」

「どういうことですか？」

　冬彦の言葉に樋村がムッとする。

「こういうところに入る前に、まず暴飲暴食をやめて、ジョギングなり散歩なりして運動の習慣を付けることが必要だよ」

「ひどいなあ、人をウンチみたいに」

「デブウンチじゃん」

　理沙子が笑う。

「警部殿だって、運動は得意じゃないでしょう？」

「うん、大の苦手」

「それなら、ぼくのことをバカにできないじゃないですか」

「それは違うと思う」

「何が違うんですか？」

「ひとつ、ぼくは適正な体重を維持している。ひとつ、いつでも入会できるだけの資金力がある」

「感じ悪いなあ」

　溜息をつきながら、樋村が車を停める。

車から降りると、高虎が駐車場を見回して、

「すげえな」

と、つぶやく。

「外車ばかりですね」

樋村が目を丸くする。

「国産車もあるけど、並の国産車じゃないわよね。外車より高そうな国産車」

理沙子が言う。

「つまり、お金持ちの多いクラブということだね」

冬彦がうなずく。

「そりゃあ、一時間二〇〇〇円の駐車料金を簡単に払えるんだからお金持ちに決まってますよ。いいなあ、世の中、不公平だ」

樋村が妬《ねた》ましそうに言う。

建物の裏手の方からテニスボールを打ち合う音が聞こえてくる。

「あっちにテニスコートがあるみたいですね。覗いてみましょうか？」

冬彦が言うと、

「ぼくは受付で駐車料金について確認をしてきます。万が一、料金を払えと言われたら大変ですから」

樋村が言う。

「そんなに心配しなくても、仕事なんだから経費で落ちるわよ」

「三浦さんがすんなり認めてくれると思いますか？」

「それは、わからないけど……」

「これまでに何度も自腹を切らされてますからね。五〇〇円くらいなら我慢できても、二〇〇〇円なんて無理です。やっぱり、行ってきます。駐車料金を払えと言われたら、車を移動させてコインパーキングを探します。そっちの方が安いですからね」

樋村が小走りに本館に向かう。

「気の小さい奴だぜ」

ふんっと高虎が鼻で笑う。

三人がテニスコートに歩いて行くと、四〇歳くらいの男性を囲んだ女性のグループがちょうどテニスコートから出てきた。全部で七人くらいだ。全員がテニスウェア姿だからコーチを女性会員たちが囲んでいるのだな、という想像は誰でもできる。

だから、冬彦は、

「お話し中に申し訳ありません。このクラブのコーチの方でしょうか？」

と、その男性に明るく話しかける。

「ええ、そうですが」

「杉並中央署の小早川と申します」

警察手帳を提示しながら、冬彦が名乗る。

「え、警察の方ですか?」

「はい。宮崎健介コーチはいらっしゃいますか?」

「わたしですが……」

戸惑いの表情が浮かぶ。

「もしかして糸居さんのことじゃない?」

「そうよ、きっと、そう」

宮崎を囲む女性会員たちが口々に言い始める。

「どうして、そう思うんですか?」

冬彦が訊く。

「だって、無言電話がかかってきたり、変なハガキがきたり、最近、気味の悪いことが多いと話してましたよ。ねえ?」

「ええ、わたしも聞いた」

「わたしも」

皆がうなずく。

「コーチも聞いたでしょう?」

　女性会員が訊くと、

「あ……ああ、確か、そんなことを言ってた気がするなあ」

「まあ、のんきなのねえ。糸居さん、落ち込んでたわよ。気が付かなかったの？」

「テニスをしてるときは、特に変わったこともなかったから」

「それは、そうよ。だって、夢中でテニスをしていると嫌なことを忘れられると言ってたもの」

「そんなことを言ってたわね」

「そう言えば、今日は、どうしたのかしら？　休みの連絡なかったわよね」

「なかったわね」

「どうしたんでしょう」

「コーチ、聞いてる？」

「いや、前回は欠席連絡があったけど、今日は連絡がなかったからレッスンに来るのかと思ってた」

「冷たいのねえ」

「モテモテだから、わたしたちみたいなおばさんなんか眼中にないのね」

　女性会員たちが、どっと笑う。

「あの……」

　コーチと女性会員たちが絶え間なく話し続けるので、さすがの冬彦も口を挟む余地がない。何とか割り込もうとする。

「無言電話やハガキの件は、糸居さんからお聞きになっておられるんですね？　その件に関して、皆さん、何か思い当たることはありませんか」

「そう言われても、わたしたちもテニス仲間というだけで、日常生活で親しくしているわけではありませんから」

「そうよね、糸居さん、特に誰かと親しくするというのではなく、誰とでもフレンドリーだけど、一線を引いて、そこから先のプライベートな部分には立ち入らせない、というところがあるから。あ……別に悪口ではないんですよ。わたしも、そうだから」

「でも、そういう人、多いわよね」

「テニスをしているときは頼りになる仲間だけど余計な詮索はしないという感じよね」

「休憩時間に無言電話の話を持ち出したとき、あれ、珍しいなあ、と思ったもの」

「それだけ深刻に悩んでいたんでしょうね」

「でも、警察が調べてくれるのなら安心じゃない」

「何かわかったんですか？」

「いいえ、まだ何も……」

　冬彦が首を振る。

「特に親しかった人はいないとおっしゃいましたが、逆に、誰かと喧嘩したとか、誰かと不仲だとか、何らかのトラブルがあったとか、そういうことはありませんか?」

「このクラブの中で、という意味ですか?」

宮崎が訊く。

「はい」

「わたしには思い当たることがありません。みんな、どう?」

「トラブルなんて聞いてないわ」

「わたしも」

「少なくとも、このグループの中ではないわよね」

「うん、ないない」

「そうですか。何もありませんか……」

冬彦が首を捻る。何か変だな、と感じているらしい。

「申し訳ないのですが、わたし、次の用がありまして。そろそろ行かないと……」

「宮崎コーチ、人気者だし、テニスも上手だから、他のクラブでも教えてるんですよ」

「売れっ子よねえ」

「このクラブのスタッフではないんですか?」

冬彦が訊く。

「違います。このクラブと契約して、平日の昼間、週に何度かレッスンに来ています。他のテニスクラブでも同じような契約をしています」

「テニスのコーチというのは、そういう契約をするのが普通なんですか？」

「さあ、普通かどうかはわかりません。そう多くはありませんね」

では、失礼します、と一礼して宮崎が去る。じゃあ、わたしたちも帰ろう、と女性会員たちも駐車場や駐輪場に向かって散っていく。

「テニスコートに行きますか？」

高虎が訊く。

「もういいでしょう。会いたいと思っていた人たちに会えたわけですし」

冬彦たちは建物に行くことにする。テニスのレッスン時間などを記したカリキュラム表をもらうためだ。

「すごいな、あのコーチ」

理沙子の言葉で、冬彦と高虎が駐車場に目を向ける。宮崎が高級外車に乗り込むところなのだ。

「あれ、ポルシェの911ターボですよ。しかも、カブリオレ」

「高いの？」

冬彦が訊く。

「二五〇〇万以上するはずです。Sタイプだったら、三〇〇〇万くらいするんじゃないかなあ」

「は？　三〇〇〇万……」

高虎の目が点になる。

「テニスのコーチって、そんなに儲《もう》かるのか？」

「稼ぎが多いのか、あるいは、大金持ちの息子なのか……。お金に不自由していないことだけは確かでしょうね」

理沙子が言う。

「ちくしょう、まだ二月だってのに、あんなに日焼けしやがって。日焼けサロンなんかに行ってんじゃねえよ。歯も真っ白だ。何か塗ってるな」

「寺田さん、僻《ひが》み根性を丸出しですよ。みじめだからやめた方がいいです」

冬彦が諭《さと》す。

「そうですよ。日焼けサロンではなく、ハワイやグアムで焼いたのかもしれないし。あれ……さっきの女性会員の一人ですよね」

理沙子がつぶやく。

ドアを開けて車に乗り込もうとしている宮崎に中年女性が話しかけている。一分くらい話すと、宮崎は車に乗って走り去ってしまう。

その中年女性は、しばらく車を見送っていたが、やがて、駐輪場に向かって歩き出す。

「何を話してたんでしょう。気になりますね」

理沙子が言ったのは、その中年女性の顔が遠目にもひどく不機嫌そうに見えたからだ。

「小早川警部！」

背後から声をかけられる。

冬彦が振り返ると、杉並歴史クラブの老人たちである。

「どうなさったんですか、こんなところで？」

会長の土岐正文が訊く。

「仕事でちょっと……。皆さんこそ、なぜ、ここに？　このクラブにも何か歴史的な謎があるんですか？」

「まさか……」

ははは、と土岐が笑う。

「わたしたち、このクラブのお風呂会員ですから」

「同じスポーツクラブに通っている歴史好きのお友達が集まって歴史クラブを結成したとおっしゃっていましたね。ここが、そのクラブだったんですか」

「会長、大平副会長を警部さんに紹介しましょうよ。氷川神社に行ったとき、いなかったから」

草薙満夫が言う。

「ああ、そうだね。小早川警部、こちら副会長の大平です」

土岐が小太りの年寄りを紹介する。

「大平浩一郎です」

「小早川です」

なるほど、この人が二〇〇〇万円を奪われたのか、と冬彦は興味深げに眺める。

六

二月一八日（木曜日）

朝礼の後、孫と公園を散歩していたおばあさんが、橋から池を覗き込んだときに眼鏡を落としてしまった……そんな相談が「何でも相談室」に寄せられた。

「ぼくたちが行ってきます。最近、樋村君と安智さんばかりに負担がかかっていますから。ね、寺田さん？」

冬彦が明るく立ち上がる。

「文句は言いません。どうせ、おれの意見なんか聞いてもらえませんから」

スポーツ新聞を机の上に放り投げ、高虎が腰を上げようとする。そのとき、

「あれ、あんたたち……？」

戸口に二人の年寄りが立っているのに気が付いた。

「あれ、草薙さん……それに大平さんですね？」

冬彦が言う。大平浩一郎には、昨日、「ラムセス」の駐車場で初めて会った。二人とも杉並歴史クラブの副会長だ。

「大平を説得して連れてきました。本人が来れば、調べて下さるということでしたので」

草薙満夫が言う。

「なるほど、わかりました」

冬彦は樋村に顔を向け、

「樋村君、こういう事情だから公園に行けなくなった。申し訳ないけど、ぼくたちの代わりに公園に行ってくれないかな」

「え」

樋村が顔を引き攣《っ》らせる。

「そ、そんなあ……それはないでしょう」

「警部殿は、これから相談者に対応しなければならないんだから仕方ないでしょう」

理沙子が諭すように言う。

「そりゃあ、安智さんが池に入って眼鏡を探すわけじゃないから……」

「何か言った？」

理沙子がじろりと樋村を睨む。

「あ」

樋村の顔色が変わり、いいえ、何も言ってません、とうなだれる。

「では、草薙さん、大平さん、相談室にご案内します。お話を伺わせて下さい」

冬彦が言う。

「いいえ、わたしは、これで失礼します。大平も一人の方が話しやすいでしょうから」

草薙は一礼すると立ち去る。

「大丈夫ですか、お一人で？」

「はい、よろしくお願いします」

大平が遠慮がちに頭を下げる。

冬彦と高虎は大平を一番相談室に案内する。

テーブルを挟んで向かい合うと、

「あの……大まかなことは草薙が話したそうですが、わたしは何を説明すれば……」

「草薙さんからは、こんな内容を伺いました」

冬彦が手帳を開き、メモを確認しながら話す。

大平が自宅に保管していた二〇〇〇万円を何者かに奪われたこと。

家族に疑いを抱いているため警察に届けられないこと。

「大平さんが悩んでいるので、このままでは心労が祟《たた》って倒れてしまうのではないか、と草薙さんは心配しておられましたよ」

「自分でもどうしていいかわからず、つい草薙に相談したんです」

「お二人は杉並歴史クラブの会員ですが、他の皆さんも事情をご存じなんですか？」

「いいえ、知っているのは草薙だけです。歴史クラブのみんなも仲のいい友達ですが、あくまで趣味の世界の友達で、私生活に踏み込んだりはしません。草薙は幼馴染みで、昔からの親友だから特別です」

「念のために伺いますが、そのお金、表沙汰になるとまずい種類のお金ではないんですよね？　この点は草薙さんにも確認したんですが」

高虎が訊く。

「わたしが脱税でもしているとおっしゃるんですか？」

「失礼は承知ですが、これを確認しないと、うちも動きようがありません。万が一、そういうお金であれば、担当部署が違ってきますから」

「その点は心配ご無用です。元々は銀行に預けてあったお金です。バブルが崩壊した後、銀行が次々に潰《つぶ》れるのを見て、銀行も信じられないとわかりました。銀行が潰れても一〇〇〇万円までは保護されますが、それ以上の金額は保護されません。これは危ないと思い、少しずつ預金を引き出して自宅に保管するようになったんです。現金はかさばるので、金塊や宝石でも買って保管することを考えたこともありますが、金塊や宝石は相場が変動するので素人が手を出すのは難しそうなのでやめました」

「保管していた現金をすべて奪われたということですか?」

冬彦が訊く。

「いいえ、それが違うんです」

大平が首を振る。

自宅には五〇〇〇万円保管しておいたが、そのうち二〇〇〇万円がなくなった、というのである。

「三〇〇〇万円は残っていたんですか?」

「はい」

「変な話ですね」

高虎が首を捻る。

「そんな大金が目の前にあれば、泥棒なら大喜びで全部盗んでいきそうなもんですが」

「そうなんです……」

残っていた三〇〇〇万円は大急ぎで銀行に預けました、と大平が溜息をつく。

「いつなくなったんですか?」

冬彦が訊く。

「はっきりわからないんです」

「どういう意味ですか？」

「頻繁にお金を確認していたわけではないからです。一昨年の大晦日に確認したときには異常はありませんでした。去年の大晦日に確認すると、二〇〇〇万減っていたのです。だから、いつなくなったのか正確にはわからないんです。一度になくなったのか、それとも、何度かに分けてなくなったのか、そんなこともわからなくて……」

「一年に一度しか確認しなかったんですか？」

「普段必要なお金は銀行に預けてあるので、せいぜい、一年に一度か二度しか確認しませんでした。家の中ではなく、外に隠したので、ちょこちょこ確認したり、お金を出し入れしたりすると、誰に見られるかわかりませんから」

「外に隠したんですか、家の中ではなく？」

「外といっても自宅の庭です。庭の隅に松の木を植えて、その下に銭塚を作ったんです。庭自体はフェンスで囲まれていますし、草花が生《お》い茂《しげ》っているので通りすがりに簡単に庭を覗くことができるわけではありません。もっとも、その気になれば覗けないことはないし、フェンスを乗り越えて庭に入り込むこともできます。今まで、そういうことはありませんでしたが……」

「今、銭塚とおっしゃいましたか？」

「ええ」

と、うなずいてから、大平はハッとした顔で、

「すいません。銭塚なんて言われても、ご存じありませんよね」

「土岐さんからも少しお聞きしました。それに最近、杉並の歴史に関する本を読んでるんですが、確か、銭塚というのが出てきたような気がします。それと関係ありますか？」

「その銭塚です。昔、南荻窪あたりに住んでいた長者が、金銀財宝を隠すために拵《こしら》えたと言われています。高さが七尺から八尺、直径はその倍くらいで、饅頭《まんじゆう》を重ねたような形をしていたそうです。銭塚の傍《かたわ》らに立派な松をよそから運んで植えて目印にし、銭塚には花の種を蒔《ま》いたといいます。泥棒に盗まれないように、腕のいい陰陽師《おんみようじ》を招いて呪いをかけ、銭塚をあばいた者には祟りが起こるようにしたという言い伝えもあります」

「同じような銭塚を庭に作ったんですか？」

「いやあ、さすがに同じものは無理です。うちにあるのは、もっと小さいですよ。銭塚の伝説を知っていたので、それを真似《まね》て作ってみたんです。盛り土をして、その上に祠《ほこら》を載せました。銭塚の下にコンクリートで固めた空洞を拵えました。小型の金庫がふたつ入るくらいの広さです。大きな地震が起きても崩れないほど頑丈《がんじよう》ですし、雨水が入らないように防水仕様にしてあります」

「ご自分で作ったんですか？」

「ええ。一〇年ほど前まで工務店を経営してまして、元々が職人ですから、そういうのは得意なんです。子供は娘一人だけで、娘の夫に後を継がせることも考えましたが、ちょうど景気も悪くなってきたので思い切って廃業しました。まだ黒字経営のときだったので、会社を清算したら、思いがけず、まとまった金が残りました。銭塚に隠していた五〇〇〇万は、その一部なんです」

「鍵はかけてたんですか？」

「ダイヤル式の鍵で開閉できる蓋《ふた》を付けました。六桁の数字を揃えて鍵を開ける仕組みです。蓋には土をかぶせて、パッと見ただけではわからないようにしておいたんですが……」

「鍵を壊されたんですか？」

「いいえ。鍵は壊れていませんでした。そう簡単に壊せるようなものじゃありませんし」

「大平さん以外に六桁の数字を知っている人はいますか？」

「いません」

大平が首を振る。

「ご家族もですか？」

「言ってません。疑うわけではありませんが、すぐ手の届くところに五〇〇〇万もの大金があると知れば、魔が差すことがあるかもしれませんから」

「大平さん以外に鍵を開けられる人はいない、鍵も壊されていない……それなのに二〇〇〇万円が消えてしまった。どういうことなのかな?」

高虎が首を捻る。

「念のために伺いますが、その六桁の数字、自分の誕生日とかご家族の誕生日、電話番号のような身近な覚えやすい数字にしてませんでしたか?」

「あ……」

わたしの誕生日です、一九四〇年六月八日生まれなので、と大平が恥ずかしそうに頭をかく。

「なるほど、一九四〇六八ということですね?」

「はい。そういう数字がよくないことは知っていましたが、ここ数年、物覚えが悪くなって、何でもすぐに忘れてしまうんです。自分の誕生日なら忘れることもないだろうと思いまして」

「となると、大平さんの誕生日を知っている人であれば、誰でも鍵を開けることができたということになりますね」

「やはり、家族が怪しいでしょうか?」

大平が不安そうな顔になる。

「そうとは限りません。誕生日を調べるのは、そう難しくありませんから。ちなみに同居しておられるご家族を教えていただけますか？　お名前と年齢、勤務先や学校などを」

冬彦が手帳を開いてメモを取る用意をする。

「以前は妻と二人暮らしでしたが、三年前に妻を亡くしてから、娘の家族が同居しています。もう二年以上になります。今は四人で暮らしていますが、庭付きの一戸建てで、割と広い家ですから、特に狭さは感じません」

大平が家族について説明を始める。

一人娘の増岡留美子《るみこ》は四五歳の専業主婦である。

「亡くなった妻に似て、きつい性格をしてましてて」

と、大平が苦笑いしながら付け加える。

娘の夫が増岡一郎《いちろう》で五一歳。

中堅電機メーカーの部長を務めていたが、同居する半年ほど前に早期退職した。会社の経営が傾き、大規模な人員整理をされることになったのだ。退職に応じれば、退職金を満額支給するが、退職を拒んで会社に残るのであれば、ボーナスは七割削減、月給は四割削減……どちらか選ぶように迫られ、一郎は早期退職を選んだ。会社の先行きは暗かったし、転職するのなら、少しでも若い方がいいだろうと判断したのである。

「一郎君が退職してしばらくして、留美子が同居を申し出てきました。年寄りの一人暮らしが心配だし、何かと不自由だろうから、そばで世話をしたい……そんな殊勝《しゅしょう》なことを言ってましたが、一郎君が職を失い、将来が不安だったのが本音だったと思います。わたしと同居すれば家賃もただだし、わたしが死ねば自分たちの家になるわけですから」

今に至るまで一郎は新たな仕事を見付けることができずにいる。足繁《あししげ》くハローワークには通ったものの、中年男性の求職自体が少なく、たまにあったとしても給与などの条件は非常に悪い。

しかも、常に高倍率であり、応募しても面接さえ受けられないという状況が続いている。今は派遣会社に登録し、たまに仕事に出かけるものの、時給九〇〇円程度の単純作業ばかりで、月の収入は一〇万円にもならない。正社員として採用されることは、もう本人もほとんど諦めている。これまでは退職金を取り崩《くず》して生活費に充《あ》ててきたようだが、それも底をついているはずだ、と大平は暗い表情で言う。

娘の留美子については、ほんのひと言で説明を終わったのに、一郎について延々と説明を続けるのは、それだけ現在の一郎の置かれている状況に、大平自身、心を痛めているせいに違いなかった。

退職金は一七〇〇万円ほどに過ぎなかったのに、その半分以上を使ってローンを完済したので、ずっと苦しい生活が続いている、もし同居していなければ、今頃は住むところもなく路頭に迷っていたかもしれない、と大平は言う。

「ローンを完済したのであれば持ち家があるということではないのですか？」

冬彦が訊く。

「一郎君、悪い男ではないのですが、先見の明がないというか、金儲けが下手というか、まあ、人がいいのかなあ。うまい話をすぐ信じるようなところがありましてねえ……」

一郎と留美子は、子供が生まれる前に、三鷹《みたか》に四五〇〇万円のマンションを買い、三五年ローンを組んだ。それだけなら普通の話だが、世の中の景気がよく、不動産が右肩上がりだった頃、一郎は投資詐欺《さぎ》に引っ掛かった。学生や単身者向けのワンルームマンションを銀行から借り入れた資金で購入し、毎月の家賃で銀行に返済するから実質的にオーナーの持ち出しはゼロで済む、といううまい話だ。どこが詐欺かというと、ワンルームマンションの販売会社が家賃収入を保証する、というところが嘘だったのである。

しかも、適正相場が一八〇〇万円ほどのマンションを二五〇〇万で売りつけられた。

それでも最初の二年ほどは、きちんと家賃が振り込まれたので問題はなかった。不動産バブルが弾《はじ》けて、おかしくなった。家賃の振り込みが滞《とどこお》るようになり、一郎はふたつのマンションのローンを支払わなければならなくなったのである。契約違反ではないか、と販売会社に苦情を申し立てると、空室状態が続いているので家賃を払えないと突っぱねられた。各地で同じような事例が多数発生し、被害者団体が販売会社を訴える裁判が起こり始めていた。一郎も訴訟に加わるように誘われたが、裁判費用として一〇〇万円払わなければならなかった。そんな面倒なことになるくらいであれば、ワンルームマンションを手放したいと思ったが、相場が崩れ、二五〇〇万円で買ったマンションには一〇〇〇万円でも買い手がつかない有様《ありさま》だった。売却しても多額のローンが残るという最悪の状況だった。

裁判費用を払った上、ふたつのローンを払い続けることになった。早期退職に応じたのは、そんなときだったのである。裁判は先行きを見通すことができず、だらだらと続いており、ふたつのローンは一郎の肩に重くのしかかった。

留美子と相談し、資金繰りに行き詰まる前にローンの負担をなくすことにした。三鷹のマンションは、まだローンが二〇年残っていたが、駅から徒歩一〇分以内という立地のよさが幸いし、さほど値崩れしていなかった。売却した金額で、ちょうどローンを完済することができた。ワンルームマンションの方は売却してもローンを完済できなかったので不足分を退職金で賄《まかな》った。

「最初は、お父さんが心配だからとか、何でも頼ってちょうだい、とかうまいことばかり言ってましたが、だんだん同居したがる事情もわかってきました。向こうとすれば、わたしが死ねば、どうせ自分たちのものになる家だから、マンションの借金を片付けて、さっさと同居してしまおうという考えだったんでしょう。先程も申しましたが、亡くなった妻と娘は気性がよく似てましてね。妻が生きているうちは、妻が頑《がん》として同居を拒んでいたんです。だから、三鷹にマンションを買ったんですよ。妻が亡くなった途端、今度は娘が強く同居を迫ってきました。以前は妻に責められ、妻が亡くなったら、今度は娘に責められる始末です」

大平が苦笑いをする。

「もちろん、腹も立ちましたが、それでも実の娘ですし、孫もかわいいから、怒りをぐっと飲み込んで同居することにしたわけです。実際、同居してみると、口うるさいのは厄介《やっかい》ですが、家事はきちんとやってくれるので、今では同居してよかったと思っています。一郎君は肩身が狭いでしょうがね。娘の尻に敷かれてますし」

「娘さん、娘さんのご主人、あとは……」

「孫です」

増岡晴美、一七歳の高校二年生である。

阿佐谷東高校の書道部に所属しているのだ、と大平が目を細める。その顔を見れば、よほど孫娘をかわいがっていることがわかる。

「え、阿佐谷東高校の書道部ですか?」

「増岡晴美……」

冬彦と高虎が顔を見合わせる。

晴美には、一昨日会っている。行方不明になっている常世田真紀の親友、仲良し三人組の一人である。

七

大平が帰ると、冬彦と高虎は「何でも相談室」に戻った。すぐにでも大平の自宅を訪ねて、大平が拵えた銭塚を見せてもらいたいというのが冬彦の気持ちだったが、

「できれば午後にしてもらえないでしょうか」

と、大平に頼まれた。派遣会社から斡旋《あっせん》された仕事で、一郎が町田《まちだ》に出かけるのが昼過ぎだというのである。出かけてしまえば、夜遅くまで帰宅しない。

大平自身は、はっきり口にしなかったが、銭塚から二〇〇〇万を盗んだのは一郎ではないか、と疑っていることは冬彦にも高虎にもわかった。実の娘や高校生の孫娘を疑うよりも、何年も仕事が見付からず、貯金もなくなって金に困っている一郎を疑いたくなるのは当然であろう。

「どうです、警部殿、早めに飯でも食いに行きませんか？」

高虎が冬彦に声をかける。

「どうせ、あのまずい蕎麦《そば》屋でしょう？　あんな蕎麦に、なぜ、お金を払うことができるのか疑問です。カップ麺でも食べる方がましじゃないですか。少なくとも安いから」

「それなら、カップ麺を食べますか？」

「食べません。高カロリーだし、塩分も多すぎるし、食品添加物もどっさり入ってるじゃないですか。寺田さんもやめた方がいいですよ。高血圧や糖尿病になっても構わないのであれば止めませんが」

「いちいち蘊蓄《うんちく》を並べないと気が済まないかねえ。しかも、言い方が憎たらしい」

「独り言にしては声が大きいですね」

「聞こえるように言ってるんですよ。聞こえたところで気にもしないんでしょうが」

「気にしません。そんなことより聞いて下さいよ」

「聞きたくないなあ」

「事件に関係あることなんですよ」

「何です？」

「銭塚のことなんです」

「ああ、大平さんが庭に拵えた土盛りね」

「びっくりしないで下さいよ」

「前置きが長いな」

「何と銭塚は実在したんですよ。伝説ではないんです。南荻窪一丁目五番……ちゃんと住所までわかってるんだから驚きですよね。びっくりしたでしょう？」

「いいえ、別に」

「昭和の初めまであったそうです。大平さんが、長者は陰陽師に頼んで銭塚に呪いをかけたと話してましたよね？　その話も本当でした！　明治の中頃、三人のヤクザ者が宝物ほしさに銭塚を掘り起こしたそうなんです。ところが、その夜、三人は揃って高熱を出し、ぽっくり死んでしまったんですよ。恐ろしいですよね、明治なんて、そんなに大昔じゃありませんよ。まさか、こんな呪いが現実に起こるなんて怖いですよね」

「信じてるんですか、そんな話を？」

「もちろんです。きっと本当のことです」

「はあ」

「驚くのは、まだ早いです」

「全然驚いてませんが」

「大正一五年に区画整理があったんです。銭塚は最後まで手付かずで残されていたそうですが、とうとう昭和八年に移転が決まったんです。その土地の所有者は宇田川権左衛門《うだがわごんざえもん》さんで、権左衛門さんは銭塚の呪いを怖れて、お坊さんを呼んで銭塚の前で供養をしたそうです。その上で銭塚を壊して、地面を掘り起こしたんです。ふふふっ、何が出てきたと思います？　知りたいでしょう」

「いや、別に」

「無理しなくていいですよ。わくわくしますよね。宝探しですからね」

「だから、無理なんかしてませんって」

高虎はうんざりしたような顔で肩をすくめる。

「ドラえもん君、もったいつけないで早く言いなよ」

靖子が口を出す。

「うん、ぼくも聞きたいな」

亀山係長が身を乗り出す。

いつの間にか靖子と亀山係長も冬彦の話に聞き入っていたのだ。高虎と違い、この二人は銭塚の話に興味を持ったらしい。

「小柄《こづか》が出てきたんです」

「こづか？　それ、何？」

靖子が首を傾げる。

「短刀だよ。ドスと言った方がわかりやすいかな」

亀山係長が説明する。

「それが、すごい宝物だったの？」

靖子が冬彦に訊く。

「赤銅《しやくどう》の小柄で、もうボロボロだったそうですから宝物とは言えないでしょうね」

「じゃあ、宝物は？」

「わかりません。最初から宝物なんか埋められてなかったのか、それとも、誰かがこっそり掘り起こしてしまったのか、いろいろなことが考えられますね。何もわからないわけですから、ご自分で想像して下さい」

「何だ、つまんない。期待して損したわよ」

靖子が事務仕事に戻る。

「権左衛門さんは、銭塚の土を自宅に運んで小さな塚を作り、そこに小柄を埋め直したんです。そのお宅、今でも南荻窪にあるそうです。寺田さん、行ってみたいと思いませんか？」

「思いません。おれは行きませんからね」

高虎がスポーツ新聞に顔を埋めたとき、

「ああ、大変だった」

樋村がよろけるように部屋に入ってくる。

その後ろから理沙子が続く。

「お疲れさま」

亀山係長が声をかける。

「あっ！」

靖子が大きな声を出して立ち上がり、樋村を指差す。

「あんた、ズボンの裾から水が滴り落ちてるじゃないのよ。ぎゃっ、それどころじゃない。泥水の足跡が残ってる。汚いじゃないの」

「そんなひどいことを言わないで下さいよ。がんばってきたんですから」

樋村ががっくり肩を落とす。

「池に落ちた眼鏡を拾っただけだろうが」

高虎が舌打ちする。

「ゴム長を履いて池に入ったんですけど、ゴム長に穴が空いてたらしいんですよ」

理沙子が説明する。

「運が悪いな。よっぽど普段の行いが悪いんだぜ」

高虎が、がははははっと笑う。

「行いが悪いのは寺田さんも同じじゃないですか」

冬彦が更に大きな声で、はははっと笑う。

「事情はわかったけど、そんな格好で廊下を歩いたら掃除が大変じゃないのさ。トイレに行って、足を洗ってきなさい。ズボンも脱いで、膝から下を洗うんだよ。ちゃんと絞って干すの」

靖子が樋村に指示する。

「そう言われても、着替えがありませんよ」

「ズボンが乾くまで柔道着でも着てろよ」

高虎が言う。

「じゃあ、取ってきます」

道場は六階にあるのである。

樋村が出て行こうとすると、

「あ〜、ダメダメ！ そんな格好で歩き回ったら、掃除する人の迷惑でしょうが。これ以上、汚さないで。あんたはさっさとトイレに行きなさい。安智、代わりに取ってきて」

「嫌ですよ、樋村の柔道着なんか触りたくないし」

「文句を言わない。相棒なんだから」

「男子更衣室にあるんでしょうから、わたしは入れませんよ」

「じゃあ、高虎、行って」

「嫌だね」

「いいよ、わたしが行ってくる」

亀山係長が腰を上げようとする。

「何を言ってるんですか。係長は、この部署の責任者なんだから、どっしり坐っていればいいんです。部下にわがままを言わせてはダメですよ。命令すればいいんです」

「係長、ぼくが行きます」

冬彦がにこやかに椅子から立ち上がる。

「警部殿、すいません」

樋村が感激して礼を言う。

「いいんだよ。変な臭いがするので、落ち着いて思考に集中できない。柔道着を取って来る間にトイレで汚れを落としておいてよ。三浦さん、床の掃除もお願いします」

冬彦が部屋から出て行く。

「とことん自己中な人だぜ」

「それでも腰が軽い分だけ、あんたより、ましなんだよ」

靖子が高虎を睨む。

八

午後、冬彦と高虎は大平浩一郎の自宅を訪ねた。

コインパーキングに車を停めると、

「最近、やたらにこのあたりに来てる気がするなあ」

周囲を見回しながら、高虎がつぶやく。

「確かに」

冬彦がうなずく。

大平の自宅は高円寺南四丁目にある。高校生の娘が一年前から行方不明になっている常世田家は高円寺南二丁目にあり、何者かに執拗《しつよう》な嫌がらせを受けている糸居洋子の自宅も高円寺南二丁目にあるのだ。わずか数日で、これほど狭い範囲に住む人たちから、まったく異なる種類の相談を持ちかけられるのは、冬彦にも初めての経験である。

「狭い日本なんてよく言いますが、杉並も狭いってことですよね」

「糸居さんと常世田さんは知り合いではなかったみたいですが、大平さんは、どうなんでしょう？」

「大平さんと糸居さんは同じスポーツクラブに通っているじゃないですか。大平さんはお風呂会員で、糸居さんはテニス会員だから接点はないみたいですけどね」

「もしかして、常世田さんもテニス会員かもしれませんね」

「そんな感じはしませんでしたけどね」

「そんな感じって、どんな感じですか？」

「スポーツをやりそうな感じですよ」

「そんなことがわかるのかなあ」

「少なくとも、ここ一年はテニスなんかやってないでしょうね。行方のわからなくなった娘さんのことが心配で他のことなんか手に付かなかったでしょうから」

「そうかもしれませんね。念のため、今度、常世田さんに会ったら確認してみます」

「そんな必要がありますか？」

「こんな狭い範囲で犯罪が立て続けに起こったとなれば、何らかの繋がりがあることを疑うべきじゃないですか」

「犯罪って……。常世田さんの娘の行方がわからなくなったのは一年近くも前だし、家出の可能性が消えたわけでもない。犯罪と呼ぶのは不適切でしょう。糸居さんの一件も今のところ犯罪というレベルじゃない。せいぜい嫌がらせという感じでしょう」

「自転車のタイヤに穴を開けられましたよ」

「それをやったのが、無言電話をかけてきたり、変なハガキを送ってきたのと同一人物かどうかはわかないでしょう。パンクだって、子供のいたずらかもしれないし、犯罪というのは大袈裟ですね」

「大平さんは……」

「まだ届け出もしていないんですよ。もし金を奪ったのが家族だとわかったら、結局、告訴しないで幕引きすることになるんじゃないですかね」

「なかなか論理的ですね、寺田さん。感心しました」

「感心なんかしなくて結構です。本来、警察が関わる必要のないことにまで警部殿が首を突っ込もうとするから、いつも話がややこしくなるんですよ」

「あっ、ここだ、大平さんの自宅」

冬彦が古びた一戸建てに駆け寄る。建物は古いが、周囲にある家と比べると、敷地はかなり広いようだ。

「最近、狡賢《ずるがしこ》いなあ。都合が悪くなると話を逸らすか、聞こえない振りをするもんなあ」

高虎がぼやく。

冬彦は相手にせず、インターホンを押す。

「はい」

「杉並中央署の小早川と申します。大平さんと約束があるのですが」

「お待ち下さい」

しばらくして玄関のドアが開く。女性である。

その女性の顔を見て、

「あ」

と、冬彦が声を発する。

「どうしたんですか？」

高虎が怪訝な顔になる。

「ほら、昨日、テニスコートのそばで……」

「そう言えば」

高虎も気が付く。

昨日、「ラムセス」に行ったとき、テニスコーチの宮崎を囲んでいた女性会員たちの一人である。

表札には、

大平浩一郎
増岡一郎
　留美子
　晴美

とある。冬彦はそれを見て、

「失礼ですが、昨日、『ラムセス』にいらっしゃいましたよね？　宮崎コーチにレッスンを受けてらっしゃるんですか」

「ええ、そうですけど。父に用があっていらしたんじゃないんですか？」

「いやあ、そうなんですけど、すごい偶然だなあと思って」

「……」

留美子が黙っていると、大平が現れる。

「小早川さん、寺田さん、よくおいで下さいました。さあ、あがって下さい」

「おおよその事情はわかっていますから、できれば、先に銭塚を見せていただきたいのですが」

「銭塚？」

留美子が眉間《みけん》に皺《しわ》を寄せる。

「お父さん、そういう変な言い方をよそでしないように頼んだでしょう」

「いいじゃないか。銭塚なんだから」

「もう嫌だわ。わたし、出かけるから」

留美子は家に入ってしまう。

「どうぞ、こちらへ。庭に回りましょう」

大平が先になって歩き出す。

「娘さんには事情を話したんですか？」

冬彦が訊く。

「あまりいい顔をしませんでした。警察の手を借りると、大ごとになると心配しているようです。娘の気持ちもわかりますし、わたしも悩みました。しかし、大金がなくなったわけですから、やはり、何もしないわけにはいきません」

大平が溜息をつきながら答える。

「お」

思わず冬彦が声を上げる。

銭塚が目に入ったのだ。

盛り土をし、その上に祠がある。盛り土は高さが七〇センチくらいで、直径が二メートル弱、平べったい饅頭のような形をしている。盛り土の傍らに、枝振りの見事な、背の高い松の木がある。

銭塚の前に立つと、高虎が祠に向かって手を合わせて頭を下げる。

「信心深いですね」

「日本人ですからねえ。祠の前に立つと何となく拝《おが》んでしまいますよ」

「じゃあ、ぼくも」

冬彦も手を合わせて一礼する。

「お金は、どこに隠してたんですか？」

「こっちです」

大平が銭塚の裏に回る。しゃがんで、土を払うと四角い石が出てくる。

「以前は、もっと念入りに隠してたんですが、今は空っぽなので土をかけてあるだけです」

四角い石をどけると、金庫の上蓋が現れる。ダイヤルを合わせ、大平が上蓋を持ち上げる。防水加工されたコンクリートの空洞である。以前、大平が説明したように、小型の金庫がふたつ入るくらいの広さだ。

「ふうむ……」

冬彦と高虎が大平の横にしゃがみ込む。

「こういう格好でいると、ご自宅のベランダからも見えないでしょうね」

「ええ、見えません。家から見えないように工夫したんです」

しゃがんでも、銭塚はあまり高さがないから全身が隠れることはない。胸から上が露出するのだ。

だが、祠があると、うまい具合に上半身も隠れてしまう。うまい工夫だ、と冬彦は感心する。

「お隣の二階や、あそこにあるマンションからも見えそうにありませんね。松が邪魔になりますから」

大平家の隣には二階建ての家があり、その向こうには五階建てのマンションがある。

「そのために植えたんです。この松、結構高かったんですよ」

「大平さんがお金を出し入れしていたとしても、自宅からは見えない。松が邪魔になって、上の方から覗き込むこともできない。近所の人が偶然ベランダや窓から目撃するという可能性は低そうですね」

　冬彦がうなずく。

「あと考えられるのは、道路から覗くことくらいですかね」

　高虎が言う。

「やってみましょう。大平さん、わたしたちが道路から見えるかどうか確かめますから、ここにいてもらえますか」

「わかりました」

　冬彦と高虎が庭から外に出ようとしたとき、ちょうど玄関から留美子が姿を現す。サンバイザーをかぶり、テニスウェアを着ている。その上に薄手のウインドブレーカーを着て、大きなテニスバッグを持っている。

「これからテニスですか？」

「ええ」

「熱心なんですね。『ラムセス』でレッスンですか？」

「いいえ、今日は違います。『ラムセス』だけでなく、他のクラブにも通ってますし、仲間同士でコートを借りて自主練もしています。たまに個人レッスンを頼んだりもしますし。今日は親しい仲間だけの自主練です」

　失礼します、と留美子は自転車に乗って走り去る。

「優雅だねえ」

留美子を見送りながら、高虎がつぶやく。

「ええ、時間もお金もかけている感じですよね」

冬彦がうなずく。

二人は道路に出て、道路から銭塚が見えるかどうか確認することにした。

「無理じゃないですかね。柵をよじ登れば見えるでしょうけど」

高虎が言う。

柵と柵の幅は二〇センチくらいだが、柵にはびっしり蔦《つた》がからまっており、それが目隠しになっている。通りすがりに顔を向けても、庭の中は見えないはずである。

「登れるかな」

冬彦が柵の土台に足をかけ、柵をつかんで、体を持ち上げようとする。

「どうです、見えますか？」

「ああ……銭塚は見えますね。大平さんも見えます。だけど、銭塚の後ろにしゃがんだら見えないかな。もっと登れば見えそうですが、ぼくには無理です」

冬彦が下りる。

「あんな風によじ登っているところを誰かに目撃されたら警察に通報されますよ。ものすごく怪しいから」

「そうですよね。ふうん、よく考えられてるなあ。大平さん、ただ者じゃありませんね」

「モノを作る才能はあるんでしょうね。だけど、モノを隠す才能はない」

「どういう意味ですか？」

「才能がないから、あっさり大金を奪われたわけでしょう？」

「なるほど。確かに、その通りですね」

冬彦が納得してうなずく。

九

冬彦と高虎はリビングで大平と向かい合った。

テーブルの上には大平が淹《い》れてくれた日本茶が置いてある。

「警備保障会社とセキュリティ契約をしてあるんですよね？」

「はい」

「防犯カメラは玄関にあるものだけですか？」

「そうですけど、あれはダミーですよ。玄関先に警備保障会社のステッカーを貼り、たとえダミーでも防犯カメラを設置しておくと、泥棒よけに効果があると契約のときにアドバイスされたんです」

「効果はありましたか？」

「今まで空き巣被害にあったことはありませんから、まあ、効果があるんでしょうね」

「屋内への侵入は無理だとしても、庭に入り込むことはできなくはありませんね。誰かが侵入したとしても庭に向けた防犯カメラがないのでは確かめようもない。しかし、常識的に考えると、そう簡単ではなさそうなんです。それは大平さんが銭塚を巧妙《こうみょう》に作ったおかげです。金庫を開ける姿は、死角が多いので、どこからも見えませんから」

「そもそも、滅多に金庫を開けないわけだから、金庫を開ける姿をたまたま見かけるという可能性も低いですね」

高虎が付け加える。

「銭塚に金庫を作ったことを、誰か知っていましたか？」

冬彦が訊く。

「娘には話しておきました。わたしが事故や病気でぽっくり逝《い》ったら、それこそ伝説の銭塚のように金庫が埋まったままになってしまいますから。ただ、お金を隠したとは言ってません。自分にとって大切なものを隠してあるから、万が一のときには取り出してほしいと言っただけです」

「他の人には？」

「言ってません」

大平が首を振る。

「娘さんのご主人やお孫さんにもですか?」

高虎が訊く。

「わたしは言ってません。娘が話したかもしれませんが……。本人は何も話してないと言ってますが」

「では、ご家族の皆さんに直に確かめるしかありませんね」

「訊くんですか?」

「そうしないと調べようがありませんよ」

「やはり、身内の仕業なのかなあ」

大平が肩を落とす。

「そう決めつけることはできませんが、銭塚の立地状況などから考えると、第三者がお金を奪った可能性はかなり低そうです。どうしますか、捜査を続けても構いませんか?」

「仮にですが……」

「何でしょう?」

「うちの家族が金を取ったことがわかったとして、その段階で捜査を中止していただくことはできますか?」

「告訴しないということですか?」

「家族が犯人だったら、ということです」

「それは可能です。しかし、捜査を進めることになれば、当然、ご家族の皆さんから個別に話を聞かせていただくことになりますし、告訴しないにしても、誰が犯人かわかれば、ご家族同士が気まずくなることも考えられますよ」

「そうですよね」

　大平が重苦しい溜息をつく。

「ご家庭に波風が立つことを心配していらっしゃるんですね？」

「できれば穏便《おんびん》に済ませたいんです。しかし、二〇〇〇万は大金だし、何もなかったことにして忘れるのも難しいのです。わたしは決してケチな人間ではないつもりですし、もし家族がお金に困っていて、どうしてもお金が必要だというのであれば、喜んでお金を出します。盗んだりしなくていいんです。でも、家族でない可能性もあるわけですよね？」

「ええ、可能性はあります」

「それなら、やはり、捜査してほしいと思います。ただ、家族が犯人だとわかったら、大袈裟にしないで、わたしにだけ教えてもらえませんか」

「失礼ですが、一郎さんを疑っておられますね？」

「悪い男ではないんです。まったく逆です。真面目すぎるほど真面目な男なんです。だからこそ、悩みや苦しみを一人で抱え込んでしまう。うちに同居して、わたしによりかかっていることを恥じているのです。本当であれば、わたしの娘が、つまり、一郎君の妻が支えてやらなければいけないわけですが、娘はいつまでも再就職できない一郎君を責めています。憎んでいるのかもしれません」

「再就職できないだけで憎むんですか？」

高虎が驚いたように訊く。

「稼ぎのない中年男は、そういう目に遭うんですよ。以前、わたしの会社に勤めていた社員たちの中にも、奥さんから冷たくされ、まるで粗大ゴミのように扱われている者が何人かいます。年に一度、昔の社員たちと同窓会のようなことをしていますが、そんな情けない愚痴《ぐち》ばかり聞かされるんです」

「稼ぎのない中年男か……大変ですね」

冬彦がちらりと高虎の顔を見る。

「四〇を過ぎて正社員になるのは、ものすごく難しい時代です。パートやアルバイト程度の仕事しかないんですよ。当然、稼ぎも少ない。せいぜい月に一〇万くらいのものでしょう。それで家族を養うことができますか？」

「とすると、娘さん一家の生活費は大平さんが負担しているということですか？」

「年金だけでは足りませんが、株の配当や投資信託の分配金もありますから、彼らの面倒を見るのは、それほど大変ではありません」

「娘さんは、かなり熱心にテニスに取り組んでいるようですが、その費用も大平さんが出してるんですか？」

高虎が訊く。

「留美子には、亡くなった妻の遺産があります。現金はわずかでしたが、投資信託が二〇〇〇万近くありました。正確にはわかりませんが、毎月分配型なので月に五万くらいは口座に振り込まれるはずです。テニスの費用は、それで賄っているのだと思います。もっとも、その投資信託がそのまま残っているかどうかはわかりません。お金に困ったときに、いくらか処分してしまったかも……」

「お孫さんの学費などは？」

「通っているのが都立高校ですから、今は大してかかりません。大学に行くとなれば……そうですね。わたしが何とかしてやらないといけないでしょう」

「今日のところは、これで結構です。ひとつお願いがあります」

「何でしょうか？」

「一郎さんと晴美さんから話を聞きたいのです。大平さんから頼んでもらえませんか？」

「他の場所でですか、この家ではなく？」

「その方がいいと思いますが」

「わかりました。二人には話しておきます」

大平が疲れた顔で大きく息を吐く。

冬彦と高虎は大平家を辞し、車に乗り込もうとする。そのとき冬彦の携帯が鳴る。

「あ……三浦さんからだ。はい、小早川です……」

はい、はい、と靖子の話に相槌を打つ。

電話を切ると、

「寺崎さんから連絡があったそうです」

「寺崎？」

高虎が小首を傾げる。

「神田さんの娘さんですよ。介護施設で会ったじゃないですか」

「ああ、あの人か」

誰だか思い出したらしい。

「神田さんの意識がクリアみたいなんです」

「へえ、頭の中の霧が晴れたんだ」

「今なら一年前の話も聞けそうらしいです。行ってみませんか。いつまた霧がかかるかわからないみたいですから」

「いいですよ。行きましょう」

二人が車に乗り込む。

一〇

冬彦と高虎が部屋に入っていくと、ベッドに体を起こした神田文子と、ベッド横の丸椅子に腰掛けた寺崎真知子が談笑していた。

「失礼します」

「ああ」

真知子が立ち上がって頭を下げる。

「もう母には話してありますから」

「ありがとうございます」

「警察の人ね」

文子がにこっと笑う。

「常世田真紀さんについて質問させていただきたいのです……」

自分たちが、なぜ、ここに来たのか、冬彦が簡潔に説明する。

「ええ、どうぞ。あの子たちのことは、よく覚えてますよ」

文子がうなずく。

「あの子たち？　真紀さんは一人ではなかったんですか？」

「最初は一人でしたよ。うちの前を走って行きました。警察にも、そう言いました」

「では、どこで一人でなくなったんですか？」

「公園に入ってからですよ。男の子と話してました」

「どんな男の子ですか？」

「同じ年頃じゃないかしら」

「学校の制服とかスポーツのユニフォームとかを着てましたか？」

「ごく普通の格好でしたね。ジーンズをはいて、黒っぽいジャンパーを着てました」

「髪型とか、髪の色とか、眼鏡とか、他に覚えていることはありませんか？」

「髪型は、どうだったかしら。今どきの感じでしたよ。短くもないし、長くもない。さらさらしてる感じね。髪の色は、よくわからないわ。眼鏡をかけてました。黒っぽい眼鏡」

「見たことのある人でしたか？」

「ええ、何度か見たような気がします」

「どこで見ましたか？」

「うちの近所ですね」

「見かけた時間帯は？」

「そこまでは覚えてません。でも、朝が多かったかしら」

「そういうときの服装は、どうですか？」

「ごめんなさい。覚えてません」

「写真を見れば、わかりますか？」

「たぶん」

「今の話は警察にしましたか？」

「してません」

「なぜですか？」

「なぜって、警察は一度しか来なかったし、そのときは、あの女の子がうちの前を通り過ぎた時間を確認していっただけでしたから」

「ああ、なるほど」

冬彦がうなずく。

警察が文子を訪ねたときには、文子が最後の目撃者だという重要性を認識していなかったのであろうし、それが明らかになったときには、真紀の失踪が家出である可能性が高くなっており、もはや警察も熱を入れて捜査しなかったのであろう。そうでなければ、改めて文子に詳しい話を聞きに来たはずである。

「警察は一度しか来なかったかもしれませんが、その後、真紀さんのお母さんが訪ねて来ませんでしたか？」

「どうだったかしら？」

文子が真知子の顔を見る。

「確か、二度ほどいらっしゃったと思いますが、運が悪かったというか……」

真知子が言葉を濁す。

「そうですか」

運悪く、二度とも文子の頭に霧がかかっているときに訪ねて来た、だから、まともに話ができなかった……そう言いたいのであろうと冬彦は察した。

二

夕方、冬彦たちは荻窪に向かった。

増岡晴美に会うためだ。大平を介してセッティングした。晴美が通っている阿佐谷東高校の最寄り駅は阿佐ヶ谷駅だから、阿佐ヶ谷駅近くのファミレスがいいのではないかと冬彦は提案したが、それは晴美が断り、荻窪駅近くのファミレスを指定してきた。一昨日、冬彦たちが晴美、菊沢紀香と会ったのと同じ場所である。どうやら学校の近くだと、知り合いに会うかもしれないので嫌だということらしかった。冬彦たちにとっては、どちらでも構わないから晴美の希望通りにした。

まだ晴美は来ていなかった。それほど混み合っていなかったので、奥のボックス席に坐った。一昨日坐ったボックス席の隣だ。

二人はドリンクバーを注文した。

「またオレンジジュースでいいんですか？　持ってきますよ」

「今度は烏龍茶にしてみます。自分で行きます。寺田さんは、コーヒーですか？」

「ええ」

「たまには、ぼくが持ってきましょう」

冬彦が腰を上げる。

二人分の飲み物を持って冬彦が席に戻ったとき、晴美が店に入ってきた。見るからに機嫌の悪そうな仏頂面《ぶっちょうづら》をしている。晴美が席に着くと、

「何を頼む？　お腹が空いているのなら何か食べてもいいよ」

冬彦が訊く。

「ドリンクバーでいいです」

「取ってきてあげようか？」

「自分で行きます」

晴美がドリンクバーのコーナーに行く。

「何だか機嫌が悪いですね」

高虎が小声で言う。

「気にしないことです。思春期だし、いろいろあるんでしょうから」

「珍しく物分かりがいいじゃないですか」

「その『珍しく』というのは余計です」

そこに晴美が戻ってくる。アイスティーの入ったグラスを手にしている。

「急に呼び出して悪かったね」

「いいです。おじいちゃんに頼まれたから。できるだけ早く、お願いします」

晴美は視線を落とし、ストローでアイスティーを飲みながら言う。

「じゃあ、本題に入ろう。銭塚のことは知ってるかな？」

「庭にある、あの変なお饅頭でしょう」

「ふうん、知ってたのか」

「そりゃあ、知ってます。おじいちゃん、お酒を飲むと機嫌がよくなって何でもぺらぺら話すから。銭塚を作ったぞ、おれが一人で作ったんだからな、大したもんだろうなんて威《い》張《ば》るから、何のために作ったのって訊いたら、誰にも言うなよ、あそこにお金を隠すんだって教えてくれました。わたしだけじゃなく、お父さんもお母さんも知ってます。よそでも言ってるかもしれません」

「お金がなくなったことは知ってるのかな？」

「知ってます。具体的な金額は知りませんが、かなりの大金がなくなったことは知ってます。自業自得だと思いますけど」

「どうして？」

「おじいちゃん、口が軽いし、しかも、暗証番号だって何でも自分の誕生日にしちゃうから。その気になれば、誰だって簡単に盗めますよ。銀行に預けておけばよかったんです。銭塚なんて作らなければよかったのに。こんな騒ぎになって大迷惑」

「誰がお金を取ったか、心当たりはないかな？」

「わかりません。でも……」

「何？」

「おじいちゃんやお母さんがお父さんを疑っているのは知ってます」

「どうして知ってるの？」

「二人が話しているのを聞いたからです。お父さんが仕事で出かけているときに。おじいちゃんは声が大きいから、ひそひそ話なんかできないんです。お母さんもすぐにヒステリーを起こすし」

「君は、どう思うの？」

「何をですか？」

「お父さんが疑われていることについて」

「バカバカしいです」

晴美が不快そうに顔を顰める。

「いつまでも再就職できなくて、派遣会社に登録してアルバイトみたいな仕事ばかりしてるからお給料が少ないんです。怠《なま》けてるわけじゃなく、いくらがんばっても、どうにもならないんです。それなのに、お母さんはお父さんをバカにしてます。軽蔑してるんです。自分は好き勝手なことばかりして、少しもお父さんをサポートしないくせに……。お父さんを責める資格なんかありません」

「随分、厳しいんだね」

「正直なだけです」

「お母さんが好き勝手なことをしていると言ったけど、それはテニスばかりしているという意味なのかな？」

「いろいろです」

「テニス以外にも、お母さんは何かに夢中になっているということ？」

「何も知りません」

「話題を変えようか。常世田真紀さんについて質問したいんだ」

「一昨日、ちゃんと話しましたけど」

「新たにわかったことがあってね」

「何ですか？」

「真紀さんにはボーイフレンドがいたんじゃないのかな？　もしかして、そのことで悩んでいたのではないか、とぼくは推測している。何か知らない？」

「さあ……」

晴美が目を逸らす。

「真紀さんと同じくらいの年頃で、髪はさらさら、黒っぽいジャンパーにジーンズ。それと眼鏡。大した特徴ではないんだけどね。そういう人、心当たりがないかな？」

「わからないです。すいません」

冬彦の顔を見ずに、晴美は首を振る。

それからは何を訊いても、晴美は、わかりません、知りません、と繰り返すだけになった。冬彦もそれ以上の質問を諦め、晴美を解放した。

晴美が店から出て行くと、

「おとなしそうな顔をしてるけど意外と頑固ですね。しかも、嘘をつく」

高虎が言う。

「寺田さんも気が付きましたか？」

「父親を庇《かば》ったときだけは本心を見せたような気がしましたけど、母親についても真紀さんについても明らかに嘘をついている感じがしましたよ。何も知らないと言ってましたが、そうじゃないですね。いろいろ隠しごとがある」

「そうですね。晴美さんの話には嘘が多い。それは一昨日も感じたことです。嘘でごまかせないときには黙り込んで隠そうとする。でも、そのおかげでわかったこともあります」

「何です？」

「真紀さんには親しくしていたボーイフレンドがいたということです。正直、神田さんの話を聞いても、公園で真紀さんと一緒にいたという若者がどれくらい親しい相手なのかわかりませんでした。ただの友達、もしくは、顔見知り程度の知り合いだったのかもしれないと思いました」

「何度も見かけたと言ってたじゃないですか」

「真紀さんと二人でいるところを何度も見たと言ったわけではありません。その若者を何度も見たことがあると言っただけですよ」

「そう言えば、そうですね。近所に住んでいるから、何度も見たことがあるのかもしれないわけだし」

「そうなんですよ。真紀さんが二人でいたことが重要なのではなく、その若者とどれくらい親しいのか、それが重要なんですね。ただの知り合いと親しいボーイフレンドとでは大違いですから。それが謎でした。晴美さんの反応は、あまりにも露骨でわかりやすかったですね。自分が知らないことを聞かされて驚いたのではなく、なぜ、ぼくたちがそんなことまで知っているのか、と驚いたんですよ。真紀さんと一緒にいたのは、ただの知り合いの若者などではなく、親しく付き合っていたボーイフレンドなんですよ。真紀さんの失踪にそのボーイフレンドが関わっていないのであれば、必死に隠そうとする必要はありませんよね。むしろ、彼の方から積極的に名乗り出て捜査に協力しようとするはずです。にもかかわらず……」

「あの子と菊沢さんが口裏を合わせてボーイフレンドの存在を隠そうとするのは、そのボーイフレンドが失踪の鍵を握っているからではないか……そう言いたいわけですよね?」

「冴えてますねえ。その通りです」

冬彦がにこっと笑う。

「もうひとつ気になったのは、銭塚の一件でも何か嘘をついているような気がすることです。少なくとも何か隠しごとがあるのは間違いないはずです。それが何なのか、まだわからないんですが……」

一二

冬彦と高虎は西荻窪に移動した。

菊沢紀香に会うためである。午後八時から午後一〇時まで西荻北三丁目のコンビニでバイトがあるというので、その前に会うことにしたのだ。コンビニの店長が母方の叔父なので、バイトの時間や曜日は融通が利くんです、と紀香は電話で冬彦に説明した。

一昨日は晴美と二人一緒に会ったが、今日は別々にアポを取った。

紀香からは常世田真紀について話を聞くだけだが、晴美からは、銭塚の話も聞く必要があった。だが、それだけが理由ではない。二人が何かを隠していることは、一昨日会ったときに冬彦は気が付いたが、二人一緒だと、二人の態度がよりいっそう頑なになってしまう気がした。別々に会えば、何か突破口が見付かるのではないか、と期待した。

もっとも、先に会った晴美は頑なな態度を崩そうとはしなかった。

「菊沢さんは、どうでしょうね？」

「さあ……」

冬彦が小首を傾げる。

「たぶん、増岡さんがメールで連絡してるでしょうから、ぼくたちがどんな質問をするかわかっていると思います」

「ガードを固めて待ち構えてるってことですか？」

「そうかもしれません」

「何を隠す必要があるんですかね？　親友を助けたいと思わないのかなあ」

「沈黙を守ることで真紀さんを守っているつもりなのかもしれませんよ」

「どういう意味ですか？」

「根拠はないんです。具体的なことは、まだ何もわかりませんから。ああ、もどかしいなあ。頭の中がもやもやしている感じです。手の届きそうなところに答えがあるのに、どうしても手が届かない……そんな感じですね」

「ふふっ……」

「なぜ、笑うんですか？」

「警部殿がもがき苦しんでいる姿を見るのは、何となく気持ちいいんですよ」

「人が悪いなあ」

「お互い様ですよ」

高虎が肩をすくめる。

待ち合わせ場所のファミレスは、かなり混雑していた。午後六時から午後八時くらいまでは、ちょうど夕食どきの混み合う時間帯なのである。

ウェイトレスがやって来て、ボードにお名前を書いてお待ち下さいませ、と言う。入口近くの待機場所には一〇人くらいの客が呼び出しを待っている。

「場所を替えた方がいいですかねえ」

高虎がつぶやいたとき、

「こんばんは」

奥の方から紀香が現れる。

「先に来て場所を確保しておきました。ごはんを食べたかったので早めに来たんです。好きなものを食べていいんですよね？」

「うん、もちろん」

冬彦がうなずく。アポを取ったとき、紀香はバイトの前に食事しなければならないのであまり時間がないと言っていた。それなら食事しながら質問に答えてくれればいいよ、何でも好きなものを食べて下さい、と申し出たのだ。その申し出に素直に従ったというわけだ。おかげで席を確保してもらうことができた。

席に着くと、すぐにウェイトレスが注文を取りに来た。混み合う時間帯にボックス席に坐ってドリンクバーしか注文しないのも気が引けるので、自分らも何か食べましょうか、ちょうど晩飯どきでお腹も空いてきたから、と高虎が提案する。

「いいですよ」

冬彦は紀香が食べているものに目を向ける。ハンバーグステーキにサラダ、スープ、コカ・コーラという組み合わせである。

「それは何のサラダ？」

「ただのグリーンサラダですよ」

紀香が答える。

「じゃあ、ぼくもそれにしよう」

「そちらはハーフサイズですが、それでよろしいですか？」

ウェイトレスが訊く。

「いや、普通のサイズにして下さい」

「ドレッシングは何になさいますか？　フレンチ、イタリアン、和風の中から選べますが……」

「ドレッシングはいりません。野菜だけでお願いします。それに、ドリンクバー」

「おれは……トンカツセットとドリンクバー」

高虎が注文する。

「寺田さん、少しはカロリーを考えたらどうですか？　お腹周りを気にして下さい。メタボ、まっしぐらじゃないですか」

「いいんです。おれは食べたいものを食べる主義ですから」

「せめて、肉と一緒に野菜をたくさん食べるべきです。まあ、気休めでしょうけど」

「飲み物、どうしますか？　また烏龍茶ですか」

「はい」

「取ってきます」

高虎が席を立つ。

「じゃあ、質問は、ぼくたちの料理が来てからでいいかな？」

「はい」

紀香は、むしゃむしゃ食べながらうなずく。

その様子を見ながら、

「すごい食欲だね。部活やってるからお腹が空くのかな？」

「わたし、よく食べるんです。その分、運動もたくさんしてますけど」

ライスがなくなったので、ウェイトレスを呼び、大盛りでお代わりお願いします、と注文する。

「あ……ライスのお代わりは無料ですから。大盛りにしても無料なんですよ」

弁解がましく、冬彦に言う。

「すごいなあ、大盛りでお代わりだなんて」

「刑事さん、食が細そうですよね」

「うん、炭水化物はあまり食べないね。肉もなるべく控えてるかな」

「ドレッシングなしでサラダを注文してましたよね。油も控えてるんですか？」

「体に必要な脂質は果物からでも摂取できるから。その方がヘルシーだし」

「だから、スマートなんですね。もう一人の刑事さんとは大違い」

紀香が笑ったとき、高虎がコーヒーと烏龍茶を手にして戻ってくる。

間もなく、冬彦と高虎が注文した料理も運ばれてきた。

「じゃあ、質問を始めていいかな?」

「どうぞ」

「では……」

食事をしながら、冬彦が紀香に質問する。常世田真紀には親しく付き合っていたボーイフレンドがいたのではないか、という質問である。

「……」

その質問をされても、紀香の顔に驚きは表れなかった。黙ったまま、どう答えようかと思案している様子である。

「驚かないんだね?」

紀香を見つめながら、冬彦が訊く。

「いいえ、驚いてますよ」

「それは違うでしょう。もう増岡さんから聞いていたのかな? わたしたちが、どんな質問をするかということを」

「何も聞いていません……そう言えば、嘘になりますね」

紀香は舌の先をぺろっと出し、

「すいません。さっき、晴美からメールが来ました。刑事さんたちにどんな質問をされたか、教えてくれました。真紀のボーイフレンドのことと、おじいさんが誰かに大金を盗まれたことを訊かれたって……。銭塚って何ですか？　メールに書いてあったけど、意味がわからなくて」

「銭塚のことは初めて聞いたの？」

「はい。それでなくても大変なうちなのに、大金が絡《から》んだら本当に大変なことになりそうですよね」

「そういう話は聞いてるんだね」

「うちにいると嫌になるって、いつも晴美が言ってますから。でも、どこのうちも似たようなものだから、わたしは軽く聞き流してますけど」

「どういう意味？」

「何がですか？」

「どこのうちも似たようなものだと言ったでしょう」

「ああ……うちもそうなんですよ。大変なんです。元々、両親は大して仲がよくなかったんですけど、二年前、父の浮気がばれてから、母は父と口を利かなくなったんです。二人とも相手に用があるときは、わたしにメールして伝言を頼むんですよ。お互い、目の前にいるのに。わたし、言葉の通じない外国人同士の通訳みたいなんです。嫌になりますよ。いつもギスギスしていて、うちの中に変な空気が流れているし……。だから、晴美の気持ちはよくわかります」

「増岡さんのうちも、君のうちも大変なんだね。常世田さんのうちも大変だったと聞いている？」

「あそこは、そこまでひどくないんじゃないですか。お母さんは、いい人だし。お父さんは、かなり厳しいみたいですけど」

「真紀さんから愚痴を聞かされたりしていたのかな？」

「あそこ、門限が八時なんですよ。学校行事なんかで遅くなるときは事前にお父さんの了解を取らないとダメなんです。そういう日は特別に門限を九時とか一〇時にしてもらうんですけど、もし門限に一分でも遅れると、罰として一ヶ月くらい門限を六時にされるんです。今どき六時だなんて、あり得ません。部活を休んで、ダッシュで家に帰らないと間に合いませんよ。そういう嘆《なげ》きを聞かされたことは何度もあります」

「そういうお父さんに反発していたのかな？」

「心の中ではそうだったと思いますけど、そんなことを口に出したら、もっと厳しくなるから何も言えなかったと思います。休みの日の外出禁止とか、お小遣いをもらえないとか、携帯を取り上げられるとか……一種のいじめですよね」

「お母さんは助けてくれなかったのかな？」

「お母さんもお父さんには何も言えないらしいから、全然助けにならなかったみたいです。真紀も我慢するしかなかったんじゃないですか。お父さんを独裁者と呼んでました」

「独裁者か……。それだけ厳しいと男女交際なんか許さなかったんだろうね？」

「あ……」

　紀香がハッと驚いたように顔を上げるが、すぐににっこり笑う。

「こういうの、テレビの二時間ドラマで観たことがあります。警察もののドラマ。誘導尋問っていうんじゃないんですか？　さりげなく、真紀のボーイフレンドについて探りを入れてるんですよね？」

「君、鋭いねえ。わかった？」

「わかりました」

「で、どうなの？　真紀さんのボーイフレンド」

「何も言えません」

　紀香が首を振る。

「なぜ、何も言えないのかな？」

「……」

「真紀さんのお母さんはとても心配している。この一年、ずっと真紀さんのことを思い続けていて、自力で捜そうとした。お父さんだって、確かに厳しいかもしれないけど、真紀さんを愛していないわけじゃない。とても心配している。何か知っているのなら教えてほしい。お母さんに真紀さんから電話があったことは話したよね？　もしかすると、真紀さんは危険な状況に置かれているのかもしれない。隙を見て、助けを求めようとして、お母さんに電話したのかもしれない。だから……」

「大丈夫です」

「何が？」

「だから、その……真紀は大丈夫だと思います。危険な目になんか遭ってないと思います」

「どうして、そんなことがわかるの？」

「友達だからです。親友だから、心が通じているから、真紀が危険な目に遭えば、わたしにはわかります。そう信じています」

「……」

冬彦と高虎がちらりと視線を交わす。これ以上、質問しても何の成果も得られないだろう、という諦めの色が二人の目に浮かんでいる。何か手がかりが得られそうな期待を抱いたが、その期待は裏切られてしまった。

一三

二月一九日（金曜日）

朝礼が終わって、冬彦が報告書を作成していると、

「ドラえもん君、お客さんだよ。増岡さんだって」

靖子に呼ばれる。

一階の受付から電話がかかってきたのだ。

「エレベーターで四階に上がってもらって下さい。一番相談室で会います」

冬彦は腰を浮かせながら、行きましょう、と高虎に声をかける。


冬彦と高虎は並んで坐り、増岡一郎と向かい合った。一郎は猫背で、目をしょぼしょぼさせている。髪には白髪《しらが》が目立つ。というより、白髪の中に黒髪が混じっていると言う方が正確かもしれない。額《ひたい》もかなり禿《は》げ上がっている。年齢は五一だが、見た目は老人である。皮膚の肌艶《はだつや》も悪く、顔色もよくない。目には生気がない。

「だいぶ、お疲れのようですね」

冬彦が言う。

「ゆうべ、ほとんど寝てないものですから。明け方まで仕事だったんです」

徹夜で商品整理の作業をし、派遣先の倉庫から電車で帰宅したのが八時頃で、杉並中央署の小早川警部に会ってきてほしいと大平に頼まれ、そのままやって来たのだという。だから、電車の中で居眠りしただけで、体を横たえて眠ったわけではない。疲れと寝不足で

へとへとなのであろう。

「なるべく早く済ませます」

「はい。何でも訊いて下さい」

「庭に銭塚があるのはご存じですよね？」

「義父が拵えた土盛りですね」

「どう思いましたか？」

「いや、別に何も」

一郎が首を振る。

「変わったものを拵えたなあとは思いましたが、義父の家ですし、何を作ろうが勝手ですから」

「何のために作ったものかは、ご存じでしたか？」

「銀行が信用できないので、大切な財産を隠すために拵えた……そう聞いています」

「大平さんからですか？」

「いいえ、以前、娘がそんなことを話していました」

「奥さんからは？」

「妻からは聞いていません」

「銭塚からお金が盗まれたことはご存じですか？」

「何かあったことは察していましたが詳しいことは知りませんでした。そうですか、お金が盗まれたんですか。だから警察に……そういうことか」

「それについては誰からも聞いておられないんですね？」

「聞いていません」

「同じ家に住んでいて、警察沙汰になるようなことが起こったのに、大平さんも奥さんも何も話さないというのはおかしくありませんか？」

「普通に考えればおかしいのかもしれませんが、わたしの場合、義父の家に厄介になっている居候みたいなものですから。わたしなんかに相談しても仕方ないと思ったんじゃないでしょうか」

一郎が自嘲《じちょう》気味に笑う。

「二〇〇〇万と聞いて、どう思いますか？」

「まさか」

一郎がハッとする。

「もしかして、それが銭塚から盗まれたお金なんですか？」

「そうです。盗まれたのは、二〇〇〇万なんです。失礼ですが、あなたが盗んだのですか？」

「……」

一瞬、一郎がぽかんとする。質問の意味がすぐには飲み込めなかったらしい。

が、すぐに、

「ば、ばかな！」

と顔色が変わる。

「なぜ、わたしがそんなことをするんですか。確かに、金はない。貧乏だ。その日暮らしのようなみじめな生活です。だからといって、義父の金を盗んだりはしない。まともな仕事もなく、金もないから、傍目《はため》には落ちぶれて見えるでしょうが、心までは落ちぶれていないつもりです。義父は恩人です。義父のおかげで、わたしたち一家は路頭に迷わずに済んだのです。恩を仇《あだ》で返すような真似をするはずがない。わたしにだって、少しはプライドが残ってるんですよ」

一郎は一気にまくし立てると、怒りで顔を真っ赤にしたまま立ち上がり、

「帰らせていただきます。逮捕するのなら、どうぞ好きにして下さい」

「いいえ、そんなことはしません。お帰りになって結構です。疲れているのに、どうもありがとうございました」

冬彦が礼を述べる。

一郎が一番相談室から出て行くと、

「あの人、お金を取ってませんね」

「ええ、おれもそう思います」

高虎がうなずく。

「一郎さんは正直に話してくれました」

「あの一家の中で一番の正直者なんじゃないんですかね」

「そうかもしれません。奥さんは正直に話してくれるでしょうか」

一四

冬彦と高虎が「何でも相談室」に戻る。

「安智さん、これから増岡留美子さんに会うんだけど、よかったら一緒にどう？」

「増岡さんって……」

理沙子が小首を傾げる。

「庭に作った銭塚から大金を盗まれたおじいさんの娘さん」

「手が足りないんですか？」

「そうじゃないけど、増岡さん、ものすごく熱心にテニスに打ち込んでるんだよ。糸居さんともテニス仲間だから、君たちも何か質問したいことがあるかなと思ってさ」

「行きます、行きたいです！」

樋村が、はい、はい、と右手を高く挙げる。

「せっかくですが、糸居さんの件は、当面、保留して、様子を見るつもりです」

樋村とは対照的に理沙子は素っ気ない。

「そうなの？」

「電話とハガキ一枚と自転車のパンクだけでは動きようがありませんから」

「確かに、その三つが同じ人物の仕業かどうかもわからないわけだし、ひとつひとつの出来事は事件とは呼べそうにないものだからね。だけど、ぼくは何か起こりそうな気がするんだ」

「だから、行きますよ、警部殿。なぜ、ぼくの話を聞いてくれないんですか」

樋村が訴えるように叫ぶ。

「逃避」

「頭皮？」

樋村が右の掌《てのひら》で自分の後頭部を触る。二五歳の若さだが、すでに髪が薄くなりつつあり、地肌が透《す》けて見えるほどだ。

「イントネーションが違うな。頭皮ではなく、逃避だよ。樋村君は糸居さんの件に関心があるのではなく、何か他のことから逃げようとしている。違うかな？」

「そ、それは……」

樋村のふたつの目が大きく見開かれる。図星なのだ。

「ほら、樋村、安智、早く行きなよ。困っている人が待ってるんだからさ」

靖子が促す。

「どんな相談なんだよ？」

高虎が訊く。

「大切な指輪を生ゴミと一緒に捨ててしまったおばあさんからの相談です」

「何で大切な指輪を捨てたんだ？」

「もちろん、わざとじゃないんです。ゆうべ、洗い物をしているときに、汚れないように指輪を外したそうなんです。今朝になって指輪を外したことを思い出して、はめようとしたら見当たらなくて、たぶん、生ゴミと一緒に捨ててしまったのではないか、というんです。幸い、ゆうべのゴミはまだマンションのゴミステーションに残っています」

「じゃあ、簡単だろう。そこに行って自分が捨てたゴミを調べればいい」

「それがですね、そのマンションには二〇〇世帯が住んでるんです。かなり規模が大きいんです。それすなわち、日々、捨てられるゴミが大量だということなんです。おばあさんが探しに行ったときには、もうゴミが増えていて、どれが自分のゴミなのかわからなくなっていたそうなんです」

「ふうん……」

高虎がにやにやしながら樋村を見る。

「そういうことか。今日はゴミ漁《あさ》りかよ、樋村。おまえ、エラいよ、よくやってる。これからも、がんばれ」

「何度も訊いていることですが、これは本当に警察の仕事ですか？　何か間違ってませんか？　どう考えても役所の仕事じゃないですか」

「うちだって役所だぜ」

高虎が肩をすくめる。

「そういう意味じゃないってことはわかってるはずですよ。区役所ですよ、区役所！　ゴミの収集を担当する部署があるじゃないですか」

「樋村君」

冬彦が立ち上がる。

「はい」

「大切なのは区民の皆さんの役に立つことだよ。それが公務員の使命じゃないか。困っている人がいれば、それを助ける。警察だろうと区役所だろうと関係ない。ぼくの言うこと、間違ってる？」

「くそっ、迫力あるなあ。反論できない」

樋村の額に汗が滲《にじ》んでくる。

「ぼくを言い負かすことができないのであれば、早くそのマンションに行ってゴミを漁りなさい。そうですよね、係長？」

冬彦が亀山係長に顔を向ける。

「う、うん、そうだね」

うふふふっ、亀山係長が薄ら笑いをする。

「ということだから、増岡さんには、ぼくと寺田さんが会ってきます。行きましょう」

冬彦が足取りも軽く部屋から出て行く。

その後ろ姿を目で追いながら、樋村が深い溜息をつく。

一五

冬彦と高虎は車で「ラムセス」に向かった。

増岡留美子とは「ラムセス」の近くにあるファミレスで待ち合わせている。その時間には、まだ早いが、待ち合わせの前に、留美子がテニスのレッスンを受けることを大平から聞かされていたので、レッスン風景を見学するつもりだった。

駐車場に車を停め、二人はテニスコートの方に歩いて行く。テニスボールを打ち合う音が聞こえてくる。手前から奥に向かってコートが四面ある。手前の三面では、それぞれ五人から七人くらいでテニスをしている。恐らく、コーチが複数の会員を相手にレッスンしているのであろう。最も奥まったコートだけは、二人しかいない。マンツーマンの個人レッスンなのである。

コートサイドの小道を通って、二人はそのコートに歩いて行く。

コーチの宮崎健介と留美子が二人で打ち合っている。留美子が打つたびに、宮崎が簡単なアドバイスをする。その様子を眺めながら、

「寺田さん、テニスはやるんですか？」

「やったことないですね。子供の頃に遊びで打ち合ったくらいです」

「それなら、ぼくと大差ありませんね」

「警部殿は、スポーツなんか興味ないでしょう」

「まったく興味がないわけではありませんが、もっぱら、観る方ですね。自分では、ほとんどやりません。テニスもたまに観ます。どんなスポーツであれ、超一流の選手のプレイというのは素晴らしいですからね。野球、サッカー、バスケットボール、バレーボール……何でも、そうです。自分では何もできませんが、スポーツを観る目は意外と肥《こ》えているつもりです。宮崎さんはプロのコーチだから上手なのは当たり前でしょうが、増岡さんもなかなかの腕前なんじゃないでしょうか」

「そうですね。かなりうまいと思いますよ」

「さすがにお金と時間をかけているだけのことはありますね」

そんな会話を交わしているうちに、個人レッスンは終わった。コート上に散らばってい
るボールを拾い、簡単にコート整備をすると、宮崎と留美子がコートから出て来る。

「約束の時間には早いと思いますけど。場所も違うし」

留美子が不機嫌そうな顔で言う。

「ちょっとテニスに興味があったものですから、早めに来て見学させていただきました。

驚きました。増岡さん、お上手なんですねえ」

「そうでもありませんけど」

留美子は素っ気ない。

「マンツーマンのレッスンだと料金はどれくらいかかるんですか？」

冬彦が宮崎に訊く。

「三〇分、一万円です」

「うわ～っ、すごいなあ。プラス消費税でしょう？」

「はい」

「今日は、どれくらい練習したんですか？」

「一時間ですが」

「すると二万円か。ぼくなんかには、とても払えません。テニスに興味がなくて幸いでし

た。ねえ、寺田さん、そう思いませんか？　乗馬だけでも大変なのに、テニスまで始めたら破産しますよ」

「おれのことは放っておいて下さい」

「ボールを片付けてくるから」

留美子に言うと、宮崎はボールの入った籠を両手にぶら下げて本館の方に歩いて行く。

駐車場とは反対方向だ。そちら側にも出入口があるらしい。

「わたしも着替えてきます。さっとシャワーも浴びます。こんな汗臭い格好でファミレスに行くのは嫌ですから」

「ええ、どうぞ。わたしたちのことは気になさらないで下さい」

宮崎と留美子が行ってしまうと、冬彦と高虎は駐車場に戻る。

「どうします、先にファミレスに行きますか？」

「せっかくですから駐車場に停めてある高級車でも見学しましょう」

「本気ですか？」

「本気です」

冬彦は駐車場をぶらぶら歩き始める。仕方なく、高虎はその後をついていく。

「すごいと思いませんか。国産車より、外車の方が明らかに多いですよね」

「国産車にしても、すごい高級車ばかりですよ。何だか気分が悪くなるなあ」

「なぜですか？」

「どうせ、いくらがんばったところで、おれはこんな車には乗れないんだろうな、と身の程を思い知らされる気がするからですよ」

「なるほど、その気持ちは、わからなくもないですが、そもそも大してがんばってないじゃないですか。せめて何年も前から地道に努力していれば、警部補くらいにはなれていたでしょうにね。そうすれば、月給もボーナスも増えるから、ここにある車の中古車くらいには手が届いたはずですよ。今からでは無理だと思いますが」

「すごい才能だ……」

「何がですか？」

「本当に人を不愉快にさせるのがうまい。普通に話しているだけなのに、気が付くと、ものすごく不愉快になり、我慢できないくらいムカついてきて、できれば殴りたいと思ってしまう。必死に我慢してますが、いつまで我慢できるか自分でも自信がありませんよ」

「ははは、嫌だなあ、変な冗談を言って」

「この顔が冗談を言ってる顔に見えますか？」

高虎がぐいっと顔を前に出す。目が血走り、眉間に青筋ができている。危ない兆候だ。

「あ……」

冬彦が目を逸らす。

「宮崎コーチですよ」

「……」

　高虎が振り返る。

　大きなテニスバッグを持ち、サングラスをかけた宮崎が歩いてくる。

「もうお帰りですか？」

　冬彦が声をかける。

「次の仕事です。かけ持ちだから大変ですよ」

　白い歯を見せて、宮崎が笑う。まるで芸能人のように歯並びがいい。肌が小麦色に日焼けしているので、よりいっそう白さが際立つ。

「わたしに用ではありませんよね？」

「ええ、増岡さんからお話を伺いたいだけです」

「では、失礼します」

　宮崎がポルシェに乗り込む。エンジン音を響かせて駐車場の出口に徐行していく。

「馬力のありそうな車だなあ。いったい、どれくらいスピードが出るんだろう」

　高虎がつぶやいたとき、背後でチリンチリンと鈴の音が聞こえた。冬彦が振り返ると、自転車に乗った留美子がやって来る。ハンドルに小さな鈴が付けてあり、それが鳴っているのだ。

「ちょうど宮崎コーチが帰るところですよ」

「別のクラブでレッスンがあるんですよ」

「すごい車に乗って、あんなに格好良くてプロのテニスコーチだなんて……。きっと、女性に大人気なんでしょうね？」

「知りません」

留美子が素っ気なく答える。

だが、その目はいつまでもポルシェを追っている。

一六

冬彦と高虎は「ラムセス」近くのファミレスで留美子から話を聞くことにした。

「宮崎コーチには長く習ってらっしゃるんですか？」

冬彦が訊く。

「そうでもありません。三鷹からこっちに引っ越してからなので、そうね、二年くらいかしら」

「いいコーチですか？」

「ええ。いいコーチですよ」

「どういうところがいいのでしょうか？」

「教え方が上手だし、アドバイスも的確です」

「テニス歴は長いんですか？」

「もう一五年くらいになります」

「糸居さんはテニス仲間ですよね？」

「そうですけど」

「親しいんですか？」

「一緒にテニスをするだけです。それ以外のお付き合いはありませんから」

「お茶を飲んだり、雑談したりはしないんですか？」

「レッスンやレンタルコートで練習した後などに、他の仲間たちと一緒にお茶を飲みながらおしゃべりをすることはありますけど、それだけですよ」

「糸居さんが何かに悩んでいることはご存じですか？」

「知ってます。糸居さんがみんなに話すのを聞きましたから」

「どう思いましたか？」

「どうって……大変だなあ、かわいそうになあ、と思いましたよ」

「糸居さんを恨むとか、憎むとか、そういう人の心当たりはありませんか？」

「知りません。少なくとも、テニス関係ではないと思いますよ。わたしの知る限りでは、ということですけど。あの……糸居さんのことを訊きたいんですか？　てっきり父の件だと思ってたんですが」

「その通りです。銭塚について、お話を伺いたいんです。ただ糸居さんとお知り合いなので、もし何か知っていることがあれば教えてもらえればと思っただけです」

「……」

「銭塚から二〇〇〇万円がなくなったことを知ったのは、いつですか？」

「年が明けてすぐです。父が元気のない様子なのでおかしいな、何かあったのかなと思って、三箇日《さんがにち》が明けた頃に、どこか体調でも悪いのか、と訊いたんです。そうしたら……」

「お金がなくなった、と聞かされたわけですね？」

「大晦日に調べたら、なくなっていた、と」

「変だと思いませんでしたか？」

「もちろん、思いました。父が五〇〇〇万もの大金を銭塚に隠していたことにも驚きましたが、全部なくなったのではなく、二〇〇〇万円だけなくなっていたということに、何だか変な話だな、という気がしました。泥棒なら、なぜ、全部持っていかなかったんだろう、と」

「警察に届けることを勧めましたか？」

「いいえ」

「なぜですか?」

「なくなったのは父のお金ですから、どうするかは父が決めるべきだと思ったからです」

「それだけですか? お二人とも警察に届け出ることにためらいがあったのではありませんか?」

「どういう意味でしょうか?」

「ご主人を疑いませんでしたか?」

「……」

留美子は険しい表情でしばらく黙っていたが、やがて、一郎を罵《ののし》り始める。あの人さえしっかりしてくれていれば、こんなことにはならなかったはずだ、いつまでもふらふらしてまともに稼ぐこともできないから家族にまで疑われるのよ、自業自得じゃないの、と。

「失礼ですが、それほど嫌なら、なぜ、離婚なさらないんですか?」

「離婚? 体裁が悪いじゃないですか。死に別れならみんなが同情してくれるでしょうけど、生き別れだと、何が原因なのかと詮索されます」

「晴美さんは一郎さんを庇ってました。お父さんはがんばっている、何も悪くない、と」

「娘に会ったんですか?」

「はい」

「勝手なことをして」

「大平さんの許可は得ました」

「あの……」

「何でしょう？」

「夫を逮捕するんですか？」

「なぜ逮捕するんです？」

「なぜって……父のお金を取ったからに決まってるじゃないですか」

「いや、一郎さんは取ってませんよ」

「え」

留美子が驚く。

「じゃあ、誰がお金を……？」

「あなたじゃないんですか？」

「は？」

「二〇〇〇万円、銭塚から取りましたね？」

「あんた……」

留美子の形相が変わる。

「冗談です」

「冗談？　警察のくせに、そんなふざけたことを言っていいんですか」

「だから、冗談です。それとも、本当にあなたが取ったんですか？」

「帰らせていただきます」

留美子が席を立つ。かなり腹を立てている。足早に店を出て行くのを見送りながら、

「あ〜あ、また怒らせて。まあ、確信犯なんでしょうが」

「面白いですね」

「何がです？」

「すごくわかりやすい人だったじゃないですか。おかげで、いろいろなことを知ることができました」

「コーチとの関係ですか？」

「気が付きました？」

「ただ単にテニスを習っているという感じじゃありませんね。あんな奴のどこがいいのか、おれにはさっぱりわかりませんが」

「それは寺田さんの屈折したジェラシーが目を曇《くも》らせてるんですよ。普通に見れば、女性に人気があるのは当然じゃないですか。モテる要素が満載なんですから」

「若い女性ならわかるけど、あんな中年のおばさんがテニスのコーチなんかに夢中になるなんて……」

「駐車場でポルシェが走り去っていくのを見送る姿を見て、増岡さんは宮崎コーチに特殊

な感情を抱いているのかなという気はしていましたが、それが確信に変わりました。他にもありますね。増岡さんは糸居さんを嫌っている。かなり強い嫌悪感を抱いていますね」

「客観的に見れば、同じような中年女性とは言え、糸居さんの方がきれいですからね。でも、糸居さんを嫌っているというより、あのコーチの周りにいる女性会員はみんな嫌いなんじゃないですか。特に自分より若かったり、きれいだったりすると」

「素晴らしいです。ぼくも、そう思います。他にも何か気が付きましたか?」

「銭塚からなくなった金ですが、あの奥さんが取ったんじゃないですかね?」

「その根拠は?」

「何となく、そんな気がしたんですが」

「今日は冴えてますね。実は、ぼくもそんな感じがしました。ただひとつ不思議なことがあります」

「何ですか?」

「一郎さんがお金を取ったから、逮捕するのか……そんなことを訊いたじゃないですか」

「自分が取ったのに」

「ところが、あの言葉には嘘が感じられなかったんですよ。あの人は一郎さんがお金を取ったに違いない、と本当に怒ってました」

「それは変だな」

高虎が首を捻る。

「変でしょう？　ぼくたちの印象では一郎さんはお金を取っていない。むしろ、疑わしいのは奥さんの方です。にもかかわらず、奥さんは一郎さんを疑っている」

「おれたちが間違ってるってことですか？　奥さんが取ったんじゃないのかな」

「いいえ、そうは思いません。間違ってはいないけれど、まだ何かわかっていないことがあるんです。だから、話の辻褄が合わないんですよ。パズルのピースが不足しているということですね」

「なるほどね」

「奥さんは大平さんや晴美さんにも不満を持っているようでしたね」

「つまり、家族をみんな嫌っているということじゃないですか。娘も母親を嫌っているようだし、まったくひどい家族だな。娘が父親を庇っていたことだけが唯一の救いですね」

「いろいろ推理はできますが、証拠がありませんからね。何とかして証拠を手に入れないとなあ」

自分に言い聞かせるように、冬彦がつぶやく。

「署に戻りますか？」

「その前に糸居さんに会いましょう。宮崎コーチや増岡さんのことを訊いてみたくないですか？」

「アポは取ってあるんですか?」

「まだです。電話してみます。都合が悪いと言われたら日を改めましょう」

冬彦が糸居洋子に電話する。今日は外出の予定がないので、何時でもお目にかかれます、という返事だった。

「行きましょう」

二人がファミレスを出る。

一七

冬彦と高虎は糸居洋子の自宅に向かった。

インターホンを押すと、洋子が玄関ドアを開けてくれた。

「どうぞ、お入りになって下さい」

「お邪魔します」

リビングに通される。テーブルにはお茶の用意がしてある。

家の中がしんと静まり返っているので、

「ご主人と息子さんはお留守ですか?」

「夫はいます。書斎で本でも読んでるんじゃないかしら。それとも昼寝かしら。朝から顔を見てないので何をしているのかわかりません。息子は、たぶん、バイトだと思いますけど、どこかに遊びに行ってるだけかもしれません。あまり自分のことを話す子ではないので何をしているのかわからなくて……」

カップにコーヒーを注ぎながら、洋子が答える。

どうぞ、と冬彦と高虎にコーヒーを勧《すす》める。

「何かわかったんですか?」

「今のところ手がかりなしです。その後、心配なことや気になることがないかと思って伺ったのですが」

冬彦が答える。

「そう言えば、無言電話がぱったりなくなったんですよ。変なハガキも来ませんし。警察が調べていることを知ったせいでしょうか?」

「最初は深い考えもなく嫌がらせを始めたものの、いざ警察沙汰になると急に怖くなる……そういうことはあり得ます。このまま何もなければいいんですが」

「でも、誰がやったのかわからないと気持ち悪いですよ。自転車をパンクさせられてから、何となく怖いから外出も控えていますし」

「わかります」

「来週からまたテニスに行こうと思うんですけど、大丈夫なんでしょうか? このまま家に引き籠もるわけにもいかないし、そろそろ普通の生活に戻りたいんですけど」

「大丈夫だとは思いますが、警戒心だけは緩めないで下さい。少しでも気になることがあれば遠慮なく『何でも相談室』に電話して下さい」

「ありがとうございます」

「ところで宮崎コーチの個人レッスンも受けたりしますか？」

「それは、お願いしていません」

「なぜですか？　マンツーマンで習う方が上達するような気がしますが」

「そうなんですけど、個人レッスンは料金が高いですからね。うちもサラリーマン家庭だし、しかも、夫が休職中ですから、そうそう、テニスにばかりお金をかけられません。通常レッスンとグループレッスンで手一杯です。それすら贅沢《ぜいたく》かなと考えることがありますから」

「同じグループの増岡留美子さんは、よく個人レッスンを受けているようですね」

「ああ、増岡さんね。あの人の入れ込み方はすごいですから」

「入れ込みというのは、テニスに対してという意味ですか？　それとも、宮崎コーチに対してという意味ですか？」

「両方じゃないですか。他のスポーツのことはよくわかりませんけど、テニスの世界では、コーチにべったりになるのは珍しくないんですよ。『ラムセス』は全国展開しているスポーツクラブだから、社員のコーチは定期的に異動があります。コーチが異動すると、異動先に追いかけていく会員さん、結構多いですよ。さすがに東北や関西まで追いかける人はいませんけど、千葉や埼玉くらいなら片道二時間くらいかけて平気で通いますから。そういう人を何人も知ってますよ」

「増岡さんは、それくらい宮崎コーチに心酔《しんすい》しているわけですか」

「そう思います。でも、宮崎コーチは社員ではないから異動の心配はありません。その点は安心でしょうね」

「ポルシェに乗っているし、見栄えもするし、さぞかし人気があるでしょうね」

「人気はありますね」

「悪く言う人はいませんか?」

「いますよ」

「どういうことで悪く言うんですか?」

「それこそ、これ見よがしにポルシェなんかに乗りやがってとか、四〇にもなって若者のような格好をしているとか、テニスでは大した実績もないくせにとか……やっかみが多いと思いますけど」

「糸居さんは、どう思われますか?」

「わたしですか? いいコーチだと思ってますよ。そうでなければ、他のコーチに習いますし」

あの……と洋子が険しい表情になる。

「もしかして、増岡さんが何か関係あるんですか？」

「なぜ、そう思うんですか？」

「だって、いきなり宮崎コーチや増岡さんのことを質問するから」

「何か増岡さんに恨まれるような覚えがありますか？」

「こっちからは何もありませんよ。大して親しくもないし……。ただ……」

「何です？」

「逆恨みされているかもしれないから」

「詳しく教えて下さい」

「思い過ごしだと思いますけど」

「それでも結構です」

「宮崎コーチの指導法は独特なんです。よく言えば懇切《こんせつ》丁寧、悪く言えばセクハラまがいなんですよ。会員の体によく触るんです。もちろん、グリップの握りを直すためだったり、フォームを修正するためだったりするんですけど、女性会員の中には、宮崎コーチのボディータッチが嫌でレッスンを避ける人もいるんです。逆にそれが親切でいいという人もいるんですけどね。わたし、バックハンドが苦手で、コントロールもよくないし、あまり強い打球も打てないんです。以前、宮崎コーチが手の位置やグリップの握り、体重の移動のさせ方なんかを、手首を握ったり、腰に触ったりしながら丁寧に教えてくれたことがあります。別にいやらしさは感じませんでした。実際、フォームをどう改善すればいいのかよく理解できましたから。そのとき、ふと気が付くと、増岡さんがものすごい顔でわたしを睨んでたんです」

「ふうむ、そんなことがあったんですか」

「署に相談にいらしたとき、それは言いましたか？」

高虎が訊く。

「言ってません」

「なぜですか？」

「ただの思い過ごしかもしれないのに、一緒にテニスをしている人を犯人扱いできませんから」

「でも、睨まれたんですよね？」

「すごく失礼な言い方ですけど、増岡さん、いつも怒ったような顔をしているから、たまたま、わたしを睨んでいるように見えただけかもしれません」

「確かに、増岡さんはいつも険しい顔をしているかもしれませんねえ」

高虎がつぶやく。

「忙しいところにお邪魔してすいませんでした」

冬彦が腰を上げる。

そのとき、ふと、テレビの横のキャビネットに置いてある写真立てに目が止まる。前回訪問したときには気が付かなかった。

「失礼ですが、この写真、息子さんの卒業式ですか？」

「ええ、そうですけど……何か？」

洋子が怪訝な顔になる。

「この制服ですが、もしかして阿佐谷東高校ですか？」

「はい」

「部活動もなさってましたか？」

「中学生の頃から、ずっとバスケットボールをしてました。大学ではやってないようですけど」

「ふうん、バスケットボールですか……」

ちらりと冬彦と高虎が視線を交わす。常世田真紀と同じ高校で、しかも、学年こそ違うものの、同じバスケットボール部だ。

「差し支えなければ、息子さんのバイト先を教えてもらえないでしょうか？　できれば携帯の番号も」

冬彦が訊く。

一八

糸居家を辞し、冬彦と高虎が車に乗り込んだとき、冬彦の携帯が鳴った。常世田喜久子からだった。捜査の進み具合が気になって電話をかけてきたのだ。

「お電話をいただいてちょうどよかったです。わたしもお目にかかりたいと思っていたんです。ご都合は、いかがですか？」

喜久子の方は、いつでも構わないという返事だったので、二人は早速、常世田家に行くことにした。

前回、常世田家を訪ねたときは、夫の泰治に門前払いを食わされ、家の中に入ることができなかった。今日は泰治は仕事に出かけていて留守なので、すんなり招き入れられた。

「実は真紀さんが失踪した当日の朝、同世代の男性と公園で二人でいるところを目撃されていることがわかりました」

リビングのソファに腰を下ろすや、冬彦は切り出した。

「真紀が男の人と？」

「心当たりはありませんか？」

「そう言われても……」

喜久子が困惑する。

「高校に限らず、中学生の頃でも、ボーイフレンドについてご存じありませんか?」

「ごめんなさい。何もわからないです」

喜久子が首を振る。

「主人が厳しくて、休みの日に真紀が女友達と出かけるのさえ、あまりいい顔をしなかったくらいです。それなのに、ボーイフレンドなんて……絶対に許さないと思います」

「ああ、なるほど」

冬彦と高虎が同時にうなずく。泰治がどれほど厳しい父親だったかということは菊沢紀香から聞かされたし、冬彦と高虎も泰治に会ったとき、

(頭が固そうな父親だな)

という印象を持った。

「質問を変えますが、糸居洋子、増岡留美子という名前に覚えはありませんか?」

「糸居、増岡……増岡というのは晴美ちゃんのご家族ですか?」

「お母さまです」

「お目にかかったことはありません」

「では、『ラムセス』というスポーツクラブに行ったことはありますか?」

「ああ、駅の向こうにあるスポーツクラブですね。場所は知っていますが、行ったことはありません」

「スポーツをなさらないんですか？」

「しません」

「ご主人は、いかがですか？」

「たまにお付き合いでゴルフに行くことがありますが、年に数回です」

「ひとつお願いなんですが、真紀さんの部屋を見せていただけませんか？」

「ええ、構いませんよ」

どうぞ、こちらへ、と喜久子が腰を上げて案内する。真紀の部屋は二階にある。

部屋はきれいに片付いており、埃《ほこり》っぽさをまったく感じない。喜久子が掃除して、まめに風を通しているのに違いない。ごくありふれた部屋で、家具といえば、ベッド、机、本棚があるくらいだ。本棚には本だけでなく、ぬいぐるみも並べられている。ベッドカバーはピンク色で、机の上には造花のブーケが飾ってある。やはり、女の子の部屋だな、男の部屋とは違う、と冬彦は感じる。

（ん？）

冬彦の目が壁に向けられる。フォトフレームがいくつか壁に飾られている。そのひとつに冬彦は目を凝《こ》らす。

「この写真ですが、いつ頃、撮ったものですか？」

「ああ、それはバスケットボール部の集合写真ですね。毎年、三年生が卒業する直前に部員全員で撮影するのが恒例になっているそうなんです。だから、撮影したのは、去年の三月初め頃だったと思います」

「真紀さんは一年生だったから、卒業までに、こういう集合写真を三枚撮ることになるわけですね」

「真紀が戻ってきてくれれば、ですけど」

喜久子が淋《さび》しげに微笑む。

「ええっと、これが真紀さんですね？」

写真を指差しながら、冬彦が訊く。

「これが菊沢紀香さん」

「そうです」

「男性部員の中に常世田さんがご存じの部員はいますか？」

「部活のことは、よく知らないんです。紀香ちゃん以外にわかるのは女子部のキャプテンの佐賀美由紀《さがみゆき》さん、男子部のキャプテンの近藤伸也《こんどうしんや》君くらいです」

喜久子が、これが佐賀さんで、こっちが近藤君です、と順繰りに指差す。

「この子は、どうですか？」

近藤伸也の隣に立っている糸居繁之を冬彦が指差す。

「わからないです」

「差し支えなければ、この写真をコピーさせてもらえませんか？　白黒ではなくカラー印刷がいいので、写真を貸していただければ、近くのコンビニでコピーして、すぐにお返しします」

「それなら、うちのコピー機を使って下さい。カラーコピーもできますから」

「では、お言葉に甘えて」

写真のコピーをもらうと、冬彦と高虎は常世田家を辞した。

車に乗り込むと、

「署に戻りますか？」

高虎が訊く。

「ちょっと待って下さい。糸居繁之君に連絡してみます。できるだけ早く会いたいですからね」

冬彦は携帯を取り出して、糸居繁之に電話をかける。

「あ、糸居繁之君ですか。わたし、杉並中央署の小早川といいます。お母さまから連絡先を教えてもらいました……」

会って話を聞かせてほしいので、何とか時間を作ってもらえないだろうか、場所を指定してくれればどこにでも行くから……と冬彦が繁之に頼む。

「あ、そう。ありがとう。では、これからすぐに行きます。ここからなら三〇分か四〇分で行けると思います。万が一、道路が渋滞していて遅れそうなら連絡します」

携帯を切ると、高虎を見て、

「行きましょう。バイトまで時間があるので大学の近くで会ってくれるそうです」

繁之が指定した大学近くにある喫茶店の名前を口にする。

「とりあえず、大学に向かいましょうか。その喫茶店の場所を詳しく調べて下さい。喫茶店の近くに駐車場があるといいんですけどね」

「了解です」

冬彦はネットで喫茶店を調べ始める。

高虎は車を発進させ、小路を抜けて環七通りに出る。そこから世田谷《せたがや》方面に向かい、甲《こう》州《しゅう》街道にぶつかったら右折する。そのまましばらく走れば、繁之の通っている大学に着く。道筋は単純だ。

一九

三五分で待ち合わせ場所の喫茶店に着いた。

駐車場が見付からなかったが、幸い、近くに交番があったので、事情を説明して、車を停めさせてもらうことにした。

糸居繁之は、すでに喫茶店で待っていた。

「急なお願いだったのに時間を作ってくれてありがとう」

椅子に坐りながら、冬彦が礼を言う。

「一時間くらいしか時間がないんですが、それでいいんですか？」

「うん、大丈夫だよ」

ウェイトレスにコーヒーとオレンジジュースを注文すると、冬彦は質問を始める。

「高校時代、バスケットボール部に所属していたよね？」

「はい」

「常世田真紀さんを知っているかな？」

「え」

繁之が驚き顔になる。

「うちの母の話ではないんですか？」

「もちろん、それもあるよ。だけど、君に訊きたいのは、それだけじゃない。で、どうなのかな、今の質問の答えだけど」

「同じバスケ部の後輩だから、名前と顔は知っています。でも、学年も違うし、男子部と女子部は別々に練習しますから、ほとんど口を利いたこともありません」

「一年近く前から真紀さんの行方がわからないことは知っているかな？」

「はい。大騒ぎになりましたから」

「真紀さんの行方を知ってる？」

「ぼくがですか？　何で、ぼくが……」

「念のために訊いてみたんだけどね。知ってるの？」

「知りません」

繁之が首を振る。

「真紀さん、ボーイフレンドがいたんじゃないかと思うんだ。知らないかな？」

「知りません」

「もしかして、君が付き合ってた？」

「付き合ってませんよ」

繁之がムッとしたように答える。

「じゃあ、君は誰と付き合っていたのかな？　いや、過去形ではなく、現在進行形なのかな？」

「……」

繁之がうつむいてしまう。冬彦に会ったことを後悔しているのかもしれない。

「菊沢紀香さん?」

「……」

「増岡晴美さん?」

「……」

繁之の体がびくっと震える。微かな反応だが、冬彦は見逃さなかった。

「あ～、そうなんだ。わかっちゃった。増岡晴美さんと付き合ってるんだね」

「ぼくは何も言ってません」

「いいんだよ。言わなくてもわかるから」

冬彦がにこっと笑うと、繁之は諦めたように小さな溜息をつき、

「そうです」

と、うなずく。

「仲はいいの?」

「最近、あまり会ってません」

「どうして?」

「向こうの機嫌が悪いんです。うちの中でいろいろあるらしいし、友達関係もややこしいみたいです。その相談に乗るのも疲れるんです。相談といっても、誰かの悪口か愚痴だし。一緒にいても楽しくないから、このところ疎遠です」

「なるほどなあ……」

冬彦がじっと繁之を見つめる。

「君は何かとても重大なことを隠しているよね？」

「え」

繁之の顔に動揺の色が浮かぶ。

「ははは、冗談だよ。それとも本当に何かを隠しているのかな？」

「そ、そんなことは……」

繁之の額に汗が滲み始める。

「ちょっとゲームをしようか。わたしが単語を言うから、それから連想する言葉を言ってほしい。ゆっくり考えるのではなく、できるだけ早く答えてほしいんだ」

「よくわかりませんが……」

「じゃあ、寺田さん、手本を見せて下さい」

冬彦が隣に坐っている高虎に顔を向ける。

「牛」

「ミルク」

「消防車」

「火事」

「ニワトリ」

「卵」

「銀行」

「金持ち」

「馬」

「競馬場」

高虎がぱっぱと答える。

「こんな感じだよ。難しくないだろう?」

冬彦が繁之に顔を戻す。

「はい」

「やってみようか。ハガキ」

「郵便局」

「無言電話」

「嫌がらせ」

「テニス」

「フェデラー」

「自転車」

「パンク」

「バスケット」

「ジョーダン」

「銭塚」

「昔話」

「二〇〇〇万円」

「大金」

「ありがとう。もういいよ」

冬彦がにこっと笑う。

これからバイトに行くという繁之とは喫茶店の前で別れた。車を停めてある交番に向かいながら、

「繁之君は嘘をついていますね。嘘というか、何か隠しごとをしている。何を隠してるのかなあ……」

「真紀さんの失踪について何かを隠しているということですかね？　真紀さんの親友と付き合っているわけだし」

「増岡晴美さんですね。彼女も何か隠している。菊沢紀香さんも、そうです。みんなが隠しごとばかりしている気がしますよ」

「銭塚という言葉にすぐに反応したじゃないですか。それが普通なんですかね？　おれも昔から杉並に住んでますが、全然知りませんでしたよ」

「地元の伝説だから、繁之君が知っていたとしても不思議はありませんが、銭塚と聞いて、彼が伝説の銭塚を連想したのか、それとも、大平さんの家にある銭塚を連想したのか、それが気になるところです」

「孫娘と付き合っているわけだから、銭塚について聞いていたかもしれませんね」

「腑《ふ》に落ちないのは、二〇〇〇万円という言葉には、ごく当たり前の反応しか示さなかったことです」

「お金がなくなったことは知らないんじゃないですか」

「そうかもしれません。もうひとつ面白い反応がありましたね。自転車と言ったら、パンクという言葉が返ってきました。寺田さんなら、どう答えますか？」

「サイクリング……かなあ」

「自転車からパンクを連想するのは、あまり一般的ではない気がしますよね」

「それは、ほら、母親が自転車をパンクさせられたからじゃないですか。それが頭に残っていて」

「息子さんだから、お母さんを心配するのは当然ですからね」

ふむふむ、と冬彦がうなずく。

「もしかして、糸居さんの自転車をパンクさせたのは、あの息子だと疑っているわけですか?」

「ええ、そう思います。証拠はありません。ぼくの直感です」

「なぜ、黙ってたんですか?　本人に問い質《ただ》せばよかったのに」

「母親の自転車をパンクさせただけでは大した罪にはなりませんよ。そもそも、糸居さんが訴えないでしょうけど」

「じゃあ、無言電話や変なハガキも息子の仕業なんですかね?」

「その点に関しては、さっきの彼の答えからは何とも言えませんね」

「でも、可能性はあるわけでしょう?」

「可能性なら、あります。なぜ、そんなことをする必要があるのか、その理由がさっぱりわかりませんが」

「署で話を聞くのがよかったんじゃないんですかね?」

「もう少し様子を見ましょう。彼は、いろいろなことを隠していると思うんです。それがわかれば、いくつもの事件が解決できるはずです」

「それなら尚更……」

「強要すれば、きっと貝のように口を閉ざしてしまいますよ。彼が自分から話したくなるようにするんです」

「そんなことができるんですか？」

「たぶん、できると思います」

冬彦は常に楽観的である。

第三部　豆腐地蔵

一

　二月二〇日（土曜日）

　玄関のチャイムが鳴ったので、どちらさまですか、と三浦靖子がドア越しに訊く。

「おはようございます。小早川です」

「は？　ドラえもん君？」

　靖子が覗き窓に目を近付ける。冬彦がにこにこしながら手を振っている。

　ドアを薄目に開け、

「何の用？」

　靖子が目を細める。

　冬彦がいきなりドアを引き、お邪魔しま～す、と勝手に上がり込む。

　リビングに入ると、

「あ～っ、やっぱりだ、係長がいる」

ははっと笑う。

亀山係長が猫と遊んでいるのだ。スコティッシュフォールドの雌で、名前をマルという。黒っぽいまだら模様の毛並みで、スコティッシュフォールドだが耳は垂れていない。去年の一〇月、亀山係長がペットショップで一目惚れした。まん丸の顔で、ふたつの大きな目もまん丸だから、「マル」なのだ。

亀山係長の妻・美佐江《みさえ》は動物の毛にアレルギーがあるので自宅で飼うことはできない。靖子に頼み込んで預かってもらっている。

「もう嫌になるわよ。休みのたびに窓の外をうろうろしてるんだから。そのうち変質者だと思われて近所の人に警察に通報されるわね」

「奥さんには、どういう言い訳をして外出してるんですか?」

冬彦が訊く。亀山係長が恐妻家だと知っているのだ。

「う、うん……病院に行くとか、ね」

うふふふっ、と笑う。

「一応、わたしも独身ですからね。部屋に男が入り浸ってたら不倫を疑われちゃうわよ」

「誰が疑うんですか?」

冬彦が不思議そうに訊く。

「誰だって疑うわよ」

「少なくとも、ぼくは疑ってません。安心して下さい。そうだ。そんな心配をしてるのなら、また婚活をすればいいじゃないですか」

「また、は余計なんだよ。ところで、あんた、何しに来たの？」

「千里と待ち合わせなんです。まだ早いから暇潰しに寄ってみました。きっと係長がいると思いましたよ」

「それなら三浦さんにコーヒーをごちそうしてもらうといいよ。かなり凝ってるんだよ。その辺の喫茶店なんかより、ずっと本格的だからね」

「ごちそうになります」

「わたしは何も言ってないけど」

「そう言わずに、秘蔵のブルーマウンテンを淹れてあげなよ」

「いやだ〜」

　靖子が身震いする。

「手土産《てみやげ》も持たずにやって来た変人に、何でブルマンを飲ませないといけないんですか」

「お土産なら、わたしが買ってきたからいいじゃないか」

「マルのおやつばかりでしょうが。人間は食べられませんよ。あ〜っ、せっかくの休みなのに、どんよりと気分が曇っている」

　重苦しい溜息をつきながら、靖子が台所に立つ。何だかんだと言いながらも、コーヒーを淹れるらしい。

靖子がトレイにコーヒーカップを三つ載せて運んでくる。

「どうぞ」

「ありがとうございます」

「どうだい、おいしいだろう?」

亀山係長が訊く。

「はい、おいしいです。普通においしいですね。全然まずくないです。期待してなかったので、そう感じるだけかもしれませんが」

「ああ、気分が悪くなってきた。高虎の気持ちがよくわかるわ」

靖子が顔を顰める。

携帯の着信音が響く。

「あ、電話だ」

冬彦が電話に出る。

「小早川です。ああ、千里か……。ふんふん、なるほど、わかった。大丈夫だよ。三浦さんの家にお邪魔してる。係長も一緒なんだ。いいよ、明日ね」

電話を切る。

「ほらほら、妹を待たせたらかわいそうよ。さっさと行きなさいよ」

「急用ができたので、今日の約束をキャンセルしたいそうなんです。ぼく、暇になったので、三浦さんや係長ともう少しここにいます」

冬彦がコーヒーをごくごくと飲み干す。

「こいつ、高い豆なんだぞ。ただの水じゃないんだよ。もっと、じっくり味わって飲め」

「すいません。お代わりをお願いします」

冬彦が靖子にコーヒーカップを差し出す。

二

二月二一日（日曜日）

「元気そうだな」

「お兄ちゃんもね」

冬彦と千里は高円寺駅前で待ち合わせ、駅の近くにあるレストランに入った。

「何をごちそうしてくれるの？」

「好きなものを頼んでいいよ」

「ふうん……」

千里はメニューを眺めながら、

「このスペシャルランチコースにしようかな。五〇〇〇円だって。いいの?」

「構わないけど、ちょっと食べ過ぎじゃないか。そんなにお腹が空いてるのか?」

「冗談よ。わたし、パスタとサラダのセットにする。パスタはずわい蟹のクリームソース、ドリンクはアイスティーにしようかな」

「じゃあ、おれもそれ」

「また真似する」

「違う。おいしそうだからさ。ドリンクは烏龍茶にするしな。だから、真似じゃない」

「好きにしてよ」

千里は呆れ顔だ。

冬彦がウェイターに料理を注文する。

すぐに料理が運ばれてくる。

フォークを手に取りながら、

「何かあったのか?」

「どうして、そう思うの?」

「何もなければ、わざわざ会いに来ないだろう。それに……」

「何?」

「悩みごとがありそうな顔をしてるよ」

「そう見える？」

「うん、見える」

「自分のことはわからないし、周りの空気も読めないのに、他人の心は見透《みす》かせるんだもんね」

「奈津子《なつこ》さんと何かあったの？」

「ううん、奈津子さんじゃない」

千里が首を振る。

「じゃあ、賢治《けんじ》さんか」

「そうなの、賢治さん」

千里がうなずく。

冬彦と千里の両親、賢治と喜代江《きよえ》は冬彦が中学三年生のときに離婚した。

冬彦は喜代江に、千里は賢治に引き取られた。

その後、賢治は奈津子と再婚し、二人の間には賢太《けんた》と奈緒《なお》が生まれた。賢太は九歳、奈緒は七歳になっている。

一年ほど前から、賢治と奈津子の関係はぎくしゃくしている。原因は賢治の浮気だ。

先月、賢治と離婚する覚悟を決めた奈津子は、賢太と奈緒を連れて実家に帰った。

千里と賢治の二人暮らしが始まったが、賢治は浮気相手の家に泊まることが多いので、千里は一人暮らしのようなものだった。奈津子との離婚が成立したら、賢治は浮気相手と再々婚するつもりでいる。そうなれば、その相手も含めた三人暮らしになる。それが嫌なので、千里は家を出たいと考え、冬彦に相談した。冬彦と同居したいというのが千里の願いだったが、喜代江が千里との同居を拒んだ。

何とか千里を助けてやりたいとは思うものの、どうすればいいかわからず、冬彦が途方に暮れているとき、奈津子から千里に、一緒に暮らさないかという申し出があった。賢太と奈緒が千里を慕《した》って淋しがっているというのである。実家の近くにマンションを借りるから四人で暮らそうと奈津子は提案した。千里は承知した。

奈津子がマンションを借り、引っ越しが済んだのが先月末である。

「賢治さんが何かしたの？」

「何かしたというか、何もしてくれないから困ってるの」

「どういうこと？」

「お父さんも奈津子さんも、もう離婚することで話がついてるらしいのね。あとは財産分与について話し合うだけらしいの。お父さんの浮気が原因だから、裁判を起こせば、お父さんの財産を根こそぎ奪い取ることもできそうだけど、奈津子さん、そこまではしたくないらしくて、できるだけ穏便に済ませたいらしいのよ」

「その気持ちはわかる。たとえ相手に非があったとしても裁判になれば、そう簡単に決着はつかないからね。それこそ財産分与で揉めて、気が付いたらお互いに裁判費用に大金を費やし、喜ぶのは弁護士だけということになりかねない」

冬彦がうなずく。

「話し合いがつくまで、奈津子さんは財産をもらえないでしょう？　それは仕方ないかもしれないけど、わたしや賢太、奈緒の養育費くらい先に出してくれてもいいんじゃないのかな。父親なんだから。わたしたち、まだ未成年なんだし」

「出してくれないの？」

「勝手に出て行った者のことは知らない、だって」

「さすが自分本位の人だね」

「自分が一番、自分だけが大切っていう人だもん。それにしても、何もしない、お金を出さないっていうのは、ひどすぎない？　父親として無責任だと思うの。奈津子さんにも申し訳なくて……」

「奈津子さん、仕事は？」

「無理よ。賢太と奈緒は学校を替わったばかりだし、二人ともまだ小さいんだから」

「実家の近くだろう？」

「だからといって、向こうのご両親に甘えすぎるのも嫌なんじゃないかな。それでなくても大変なときに、わたしまで転がり込むようなことになって、奈津子さん、本当に大変だと思う。何かしたいけど、今の奈津子さんに何より役に立つのはお金だと思うの。でも、わたし、お金なんかないし」

「受験前だからバイトするわけにもいかないし」

「万が一、話し合いがこじれて、いつまでもお父さんがお金を出してくれなかったら、予備校にも行けなくなる。それどころか高校の学費だって払えなくなるし、大学にも行けなくなるよ。わたし、どうすればいいかな？」

千里が目に涙を浮かべる。

「そう悩まなくていいさ。問題の本質は、すごく単純だ。要は、賢治さんと奈津子さんの話し合いがつくまで、誰かが賢治さんの肩代わりをしてお金を出せばいいだけのことだ。今月末から毎月二〇万円を千里の口座に振り込むよ。それだけあれば、何とかなるんじゃないか？　奈津子さんも、まさか無一文てことはないだろうし」

「そんなお金あるの？」

「就職してから、あまりお金を使ってないからね。母さんとおれの生活は月々の給料で賄えるから、ボーナスはほとんど手付かずで貯金してあるんだ。定期預金にしたり、投資信託を買ったりして運用してる。仮に一年間、二〇万円を振り込んでも二四〇万だろう。まあ、それくらいなら大丈夫だな。大学への進学資金が足りないようなら、また改めて相談しよう」

「お兄ちゃん……」

千里が両目を大きく見開いて冬彦を見つめる。

「すごく感動してる。お兄ちゃんを見直した。こんなに頼りになる人だったなんて」

「いいんだよ。兄妹なんだから。そうだな、一％でいいから」

「え？　一％って何？」

「利息だよ」

「利息？」

「お金を貸す以上、利息を取るのは当たり前じゃないか」

「つまり、貸してくれるっていうこと？」

「うん」

「でも、わたし、お金ないよ」

「今すぐに返せとは言わないさ。大学生になったらバイトして少しずつ返してくればいい。就職して給料をもらうようになれば返済金額も増やせるだろう。口座にお金が振り込まれたら、すぐに二〇万円の借用書を書いて、おれに送ってくれ。書式は簡単でいいよ。ネットで調べればわかる。それを毎月続けてもらう」

「ありがとう……って言うべきなのかな？」

「感謝しても罰は当たらないね。だって、一％だぞ。何の担保もなしにお金を貸すんだから、本当なら五%、いや、七%くらいの利息を取ってもいいくらいだ。そう遠慮するな。兄妹なんだから」

冬彦が機嫌よさそうに笑う。

三

二月二二日(月曜日)

朝礼が終わると、

「三浦さん、何か依頼は入ってますか?」

冬彦が訊く。

「今のところはないわね。週明けだからかしら」

靖子が首を捻る。

「ということは、みんな、今は暇ですね。係長、ミーティングをしましょう」

冬彦が提案する。

「ミ、ミーティングねえ。何か話し合うことがあったかな」

うふふふっ、と亀山係長が薄ら笑いをする。

「情報の共有ですよ。ぼくたちは今、三つの事件を捜査しています。それらの捜査に関する情報をみんなで共有するんです」

「何で、三つなんですか？　ふたつでしょう」

高虎が不思議そうな顔をして、常世田真紀さんの失踪と大平さんの銭塚……それだけじゃないですか、と言う。

「糸居さんの事件を忘れてますよ」

「あれは、もう終わったことでしょう？」

高虎が樋村を見て、

「その後、無言電話は？」

「ありません」

「変なハガキは？」

「来てません」

「自転車のパンクは？」

「ありません」

「ほら、もう終わったことなんですよ」

「それは寺田さんの判断です。ぼくの判断は違います。係長、ミーティングを始めていいですか？」

「そ、そうだね、小早川君がそう言うのなら……」

「ミーティングじゃなく、警部殿の独演会と言えばいいのになあ」

高虎が皮肉を言うが、冬彦にはまったく通じない。

冬彦はホワイトボードの前に立つと、常世田真紀、と書く。その横に、ボーイフレンド？　と書き足す。

「ボーイフレンドがいたんですか？」

理沙子が訊く。

「両親も気が付いていなかったけど、いろいろ話を聞いた結果、失踪当時、親しくしていたボーイフレンドがいた可能性が出てきたんだよね」

「そのボーイフレンドが失踪に手を貸したんですか？」

樋村が訊く。

「そこまではわからないんだ。そもそも、そのボーイフレンドが誰なのか、その肝心なところがわからないんでね」

冬彦は菊沢紀香、増岡晴美、糸居繁之という三人の名前を並べて書く。

「菊沢さんと増岡さんは真紀さんの親友で、同じ高校に通っている。菊沢さんは真紀さんと同じバスケットボール部だ。糸居君は、糸居洋子さんの長男で、学年は違うものの、同じ高校、同じバスケットボール部に所属していた。増岡晴美さんと付き合っている」

「増岡晴美さんは大平さんのお孫さんですよね？　三つの事件に何らかの形で同じ人たち

が関わっているということなんですか」

　理沙子が小首を傾げる。

「そうなんだよね。それこそ、ぼくが言いたいことなんだ。この三つの事件、最初は無関係だと思っていたけど、そうではない気がしてきた。人間関係が錯綜《さくそう》している気がする」

「こじつけでしょ」

　高虎が肩をすくめる。

「問題は、なぜ、真紀さんが失踪したのか、ということだけど、その理由はもうわかっている」

「すごいですね。さすが警部殿だ。その理由を教えて下さい」

　樋村が興味深げに身を乗り出す。

「失踪せざるを得ない事情があったんだよ。自宅にいられなかったんだね」

「その事情とは何ですか？」

「わからない」

「何だ」

　樋村は肩透かしを食らったような顔で、それなら何もわかってないのと一緒じゃないですか、何の理由もなく失踪する人なんかいないんだし、と言う。

「それは違うよ。真紀さんの失踪に関しては、当初、何らかの事件や事故に巻き込まれ、何者かによって拉致されたという可能性もあった。しかし、その可能性は完全になくなったと言っていいと思う」

「家出ということですよね？　確か、一年前の捜査陣もそう判断したはずですが」

「新たな謎がある」

樋村の指摘を無視して、冬彦が話を続ける。

「なぜ、今になってお母さんに電話してきたのか、ということだよ」

「本人からの電話だったという証拠はないはずですが、警部殿は、お母さんの言ったことを信じるわけですね？」

理沙子が訊く。

「もちろん、信じるよ。お母さんは嘘をついていない。嘘をつく理由はないからね」

「なぜ、電話してきたんでしょうか？」

「その理由はわかっているよ」

「ふんっ、どうせ一年前とは事情が変わったから、とでも言うんでしょうよ」

高虎が鼻を鳴らす。

「すごいじゃないですか、寺田さん。その通りですよ。失踪したときとは事情が変わったんです。だから、真紀さんは電話してきたんですよ。一年前は失踪せざるを得ない事情があり、その事情が変わったことで、今度はお母さんに連絡を取ろうとした。そういうことです」

「しかし、その事情が何なのかはわからないと言うんでしょう?」

「そうです、わかりません」

冬彦がうなずく。

「だから、それは何もわかっていない、ということでしょう。樋村の言う通りじゃないですか」

「次にいきます」

冬彦は高虎の発言を無視する。

「糸居洋子さんの件ですが、新たにわかった事実があります」

「へえ、何がわかったんですか?」

さほど期待もしていない様子で樋村が訊く。

「事件には繁之君も関わっています。恐らく、自転車をパンクさせたのは彼です」

「なぜ、そんなことがわかるんですか?」

「ぼくの直感です」

「何だ」

また期待外れだな、と樋村が小声でつぶやく。

「なぜ、息子が母親の自転車をパンクさせたんでしょうか?」

理沙子が訊く。

「たぶん、お母さんを外出させたくなかったからだと思います」

「ということは、無言電話や変なハガキにも息子が関与しているということですか？」

「そこまでは、わかりません」

「さっきからわからないことばかりじゃないですか。しかも、肝心なことばかり」

樋村がぼやくと、高虎が椅子から立ち上がり、いきなり樋村の頭をバシッと叩く。

「痛いなあ！　何をするんですか」

「うるせえ。警部殿の講釈にもムカつくが、おまえの生意気な態度はもっとムカつくんだよ。何もしてないくせにエラそうなことを言うんじゃねえ」

「寺田さん、落ち着いて席に戻って下さい」

冬彦が言うと、ちっと舌打ちしながら高虎が自分の椅子に坐る。

「三つ目の事件は、すなわち、大平さんが何者かに二〇〇〇万円という大金を奪われた事件だけど、最大の謎は銭塚から二〇〇〇万円を奪ったのは誰かということだよ」

「それも、わかっている、というんじゃないんですか？」

樋村が皮肉めいた言い方をする。高虎に叩かれても、へこたれていないらしい。

「うん、わかっている」

「誰ですか？　あ、わかった。二〇〇〇万円を必要としていた者で、銭塚にお金を隠していたことを知っていた者が犯人だ、なんて曖昧な言い方をするんでしょう？」

「曖昧じゃないよ。増岡留美子さんが犯人だと思う」

「え、犯人がわかってるんですか。すごい」

樋村がぽかんと口を開ける。

「但《ただ》し、証拠はない。ぼくの直感だから」

「何だ」

「ぼくのアンテナは増岡留美子さんが犯人だと指し示している。にもかかわらず、不可解なのは、当の留美子さん自身は夫の一郎さんを疑っているということなんだ」

「犯人であるはずの人が別の人間を疑う……それって、どういう意味ですか？」

理沙子が怪訝な顔になる。

「つまり、ぼくは留美子さんが犯人だと確信しているけど、その留美子さんは、なぜか一郎さんが犯人だと疑っているということだよね」

「それなら犯人は一郎さんなんじゃないんですか？」

樋村が言う。

「いや、あの人は犯人だと思えない。警部殿と二人で話を聞いたが、あの人はシロだぜ。その点では、珍しく警部殿と意見が一致した」

高虎が口を挟む。

そうなり……」

「そこが謎で、ぼくにもわからない。その謎が解けると、いろいろなことが明らかになりそうな気がするんだけどね。さて……」

冬彦がコピーした写真を取り出す。

「話は戻るけど、常世田さんのお宅で写真をカラーコピーさせてもらったんだ。去年の春、バスケットボール部で撮った全体写真だよ。実は、糸居さんのお宅で繁之君が真紀さんと同じバスケットボール部に所属していたと知って、真紀さんのボーイフレンドは繁之君ではないか、と疑った。しかし、繁之君は増岡晴美さんと付き合っていた」

「なるほど、真紀さんのボーイフレンドは、その写真に写っている同じ部活の男子ではないか、と警部殿は考えているわけですね？」

「ナイスだ、樋村君！　冴《さ》えてるじゃないか。よし、その調査は君に任せる。写真に写っている部員たちの交友関係を当たってくれ。いいね」

「そ、そんな……」

樋村がぽかんと口を開ける。

「仕切るねえ、まったく。誰が係長なんだ?」

高虎がぼやく。

「係長、命じて下さい」

冬彦が亀山係長に顔を向ける。

「う、うん、樋村君、やった方がよさそうだね」

「わかりました」

樋村ががっくりと肩を落とす。

「樋村に調べさせるのは結構ですが、こいつ、グズだから、きっと時間がかかりますよ。時間がかかって何もわからないのでは、こっちも困る。やはり、繁之君を署に呼んで話を聞くべきだと思うんですがね」

高虎が提案する。

そのとき電話が鳴り、靖子が受話器を取る。

「安智に電話。刑事課の中島から」

「出ます」

切り替えボタンを押して、理沙子が電話に出る。

はい、はい、と相手の話を聞き、ちょっと待って、と送話口を押さえ、

「糸居さんが何者かに襲われたそうです」

「またかよ、今度は自転車を盗まれたとかいうんじゃないのか？」

高虎が言う。

「違います。怪我をして、救急車で病院に搬送されたそうです」

理沙子が言うと、皆が、えっ、と驚く。

冬彦ですら驚いている。

四

糸居洋子は阿佐谷北にある総合病院に搬送された。

中杉《なかすぎ》通りを直進すれば、杉並中央署からは車で一五分もかからない。冬彦、高虎、理沙子、樋村の四人は直ちに病院に駆けつけた。

病院には中島がいた。

「ご苦労さまです」

冬彦たちを見て、中島が軽く頭を下げる。

「怪我の具合は、どうなの？」

理沙子が訊く。

「命に別状はありません。ただ頭を殴られて、かなり出血したようです」

「何があったんですか？」

冬彦が訊く。

「ついさっき治療が終わったので、わたしも医者から話を聞いたばかりです。痛み止めが効いているのか、今は眠っています。目が覚めたら改めて、糸居さん本人から詳しい話を聞くつもりです。今のところわかっているのは……」

中島が手帳をめくりながら説明を始める。

糸居洋子はテニスのレッスンに出かけるつもりで、自転車で自宅を出た。「ラムセス」に行く前に、高円寺北二丁目にあるスーパーマーケットに寄った。レッスン前後にテニス仲間と食べるお菓子を買うために、いつも立ち寄るのだ。

駐輪場に自転車を置いたとき、背後で物音がしたので振り向こうとしたところ、いきなり誰かに頭を殴られた。そのまま気絶してしまい、気が付いたら病院に運ばれていたた……。

「また、あのスーパーなのか？　自転車をパンクさせられた店だよな」

高虎が訊く。

「そうです」

「目撃者は？」

「今のところ見付かっていません」

中島が首を振る。

「誰が通報したんだ?」

「買い物に来た客が、血を流して倒れている糸居さんを見付けたんです。そのとき、近くには誰もいなかったそうです」

「駐輪場には防犯カメラが一台しか設置されてないんだよね。しかも、役に立たない」

冬彦が言うと、

「万引き防止用ですからね」

理沙子がうなずく。先週の水曜日に洋子の自転車が駐輪場でパンクさせられたとき、店の防犯カメラシステムについて刑事課が調べたのである。店内には万引き防止用に何台も防犯カメラが設置されているが、駐輪場には一台しか設置されていない。その一台のカメラも、店から駐輪場に出て来る客の姿を捉えているに過ぎない。商品を持ち出したかもしれない不審な客をチェックするためだ。

そこまでしなければならないほど、この店では万引きの被害が深刻だということなのだ。

一方、これまで駐輪場では警察沙汰になるような事件は起こったことがない。

駐輪場の防犯カメラは、店から出てくる客をチェックするのが目的だから、店に入ることなく、駐輪場を出入りしただけでは防犯カメラに映らない。

だから、洋子の自転車をパンクさせた犯人も防犯カメラに映っていなかったのだ。

「凶器は何ですか？」

冬彦が訊く。

「不明です。現場に鑑識課と古河主任がいて、調べているところです」

「どれくらいで意識が戻りそうなんだ？」

高虎が訊く。

「何とも言えません」

「糸居さんが目を覚ますまで何もわからないってことだな」

「現場に行ってみましょう」

冬彦が言う。

「わたしたちは、ここに残ります。何かわかれば連絡しますから」

「そうしてもらえると助かる。まだご家族にも連絡がつかないから」

理沙子の言葉に、中島がホッとしたように言う。

「連絡がつかないって……。息子は大学に行ってるのかもしれないが、旦那はうちにいるだろう。休職中で会社には行ってないんだから」

高虎が怪訝な顔になる。

「留守電なんですよ。息子さんの携帯にも繋がらないし、どうしようかと思っていたところです」

「いつまでも連絡がつかないようなら、自宅に行くしかないな。中島、おまえ、車だよな？」

「はい」

「その車で樋村と安智に行ってもらえばいい。おまえは、ここを離れるわけにはいかないだろうから」

「それは、どうですかね……」

冬彦が首を捻る。

「自宅にいたとしても、ご主人はインターホンには応答しないと思いますよ」

「居留守を使うということですか？」

「心を病んでますからね。知らない人には会おうとしないんじゃないかな。根気よく繁之君の携帯に連絡する方が早いと思いますよ。大学で講義を受けていれば、その間は携帯の電源を切っているでしょうが、講義が終われば元に戻すでしょうから」

「わかりました。そうしてみます」

中島がうなずく。

「雑用には樋村を使えばいいからな」

「じゃあ、ぼくたちは犯行現場に向かいます」

行きましょう、と冬彦が高虎を促す。

五

古河は駐輪場の片隅で鑑識課の職員が作業をするのを険しい表情で見つめていた。

「古河さん」

冬彦が声をかけると、古河が振り返る。

「ああ、警部殿ですか。それに寺田さん」

古河が軽く会釈する。

「どうだ、何かわかったのか？」

高虎が訊く。

「ダメですね。防犯カメラには何も映ってないし、目撃者もいません。糸居さん本人も犯人を見ていないようですしね。今のところ犯人に繋がる遺留品も見付かっていません」

「手がかりなしか」

「ひとつだけ……」

「何だ？」

「糸居さんを殴打《おうだ》した凶器がわかりました。どうにも信じがたい気がするんですが……」

古河は困惑顔である。

「信じがたいとは?」

「豆腐なんですよ」

「……」

古河が言うと、冬彦も高虎も、一瞬、呆気に取られて言葉が出てこない。

「まさか、ふざけてるんじゃないよな? 豆腐の角に頭をぶつけて死んじまえ、ってか」

「冗談じゃないんですよ。糸居さんは豆腐で殴られたんです。もちろん、ただの豆腐じゃありません。凍った豆腐なんですけどね」

「それにしたって、豆腐は豆腐だろうが」

「どうやら、カチカチに凍っていたらしく、糸居さんが殴られたときにはレンガみたいに固かったようです」

「わけがわからないな。でも、凶器が残っているのなら、犯人逮捕も時間の問題だろう」

「通常の事件であれば、その通りです。凶器から指紋やDNAなど、犯人に繋がる証拠が検出されますから。しかし、今回は難しいようです」

「何で?」

「鑑識が現場に到着したとき、もう豆腐は解けて、普通の豆腐に戻ってたんですよ。水に浸かって潰れてました。一部は、たぶん、糸居さんを殴ったときに砕けたのでしょうが、ぐちゃぐちゃに崩れています。凍っていたときには、豆腐の表面に犯人の指紋が付いていたかもしれませんが、氷が解けて指紋も消えてしまいました」

「待って下さい。それは、おかしくないですか……」

冬彦が小首を傾げる。

古河と高虎が冬彦に顔を向ける。

「豆腐って、パックに入って売られているじゃないですか。パックのまま凍らせて、それで殴ったとすれば、潰れたり崩れたりしないんじゃないですかね？」

「いや、パックには入ってなかったようですね。それらしき残骸《ざんがい》は見当たりませんでしたよ。豆腐だけです。鑑識の作業が終われば、確かなことがわかるでしょうが」

「ということは、わざわざ豆腐をパックから取り出して冷凍庫で凍らせて、それを持ってきて糸居さんを殴ったことになりますね。どうして、そんな手の込んだことをしたんだろう……」

「金槌《かなづち》みたいな道具だと足がつきやすいと思ったんですかね？　豆腐なら、古河が言ったように、凍らせればレンガみたいに固くなるし、氷が解けてしまえば指紋も残らないわけだし」

「それならレンガの表面を凍らせて殴る方がよくないですか？　氷が解けてしまえば指紋が残らないのは同じですよ」

ううむ、不思議だ、わからない、どういうことなんだろう、と冬彦が首を捻る。

高虎の携帯が鳴る。

「はい、寺田……。安智か、どうした？」

ああ、そうか、わかった、警部殿にも伝える、と短い会話を交わして電話を切る。

「糸居さんの息子と連絡が取れて、今、病院に向かっているそうです。旦那とは、まだ連絡が取れないみたいですがね」

高虎が冬彦に言う。

「思ったより早かったですね。それなら、ぼくたちも病院に戻りましょう。繁之君と話せば何かわかるかもしれませんから」

六

冬彦と高虎が待合室に入っていくと、壁際の席に、繁之を囲むように理沙子、中島、樋村の三人が坐っている。

「ご苦労さまです」

中島が立ち上がって頭を下げる。

「どうでした？」

樋村が訊く。

「……」

高虎がじろりと睨む。繁之のいる前で、そんなことを訊くな、という意味だ。

「ああ……」

樋村も察して口を閉じる。

「糸居さんの具合は、どうですか？」

冬彦が訊く。

「まだ眠っています。薬が効いているようです」

中島が答える。

「ご主人は？」

高虎が訊くと、理沙子が黙って首を振る。

「父は自宅にいるはずですが、普段からインターホンにも応答しないし、電話にも出ません。固定電話だけでなく、携帯電話にも出ないんです。母が目を覚まして、容態を確認したら自宅に戻ってみます」

繁之が言う。

「大変なことになったね」

中島と理沙子が場所を空け、冬彦が繁之の正面に坐る。

繁之の目をじっと見つめながら、

「君がお母さんを襲ったのかな?」

と、ごく自然な口振りで訊く。

「まさか」

繁之が顔色を変える。繁之だけでなく、中島や理沙子、樋村も驚いた顔をしている。平気な顔をしているのは高虎だけだ。冬彦が突拍子もないことを言い出すのに慣れているのである。

「でも、自転車をパンクさせたのは繁之君だよね?」

「……」

「隠してもダメだよ。君がやったことはわかっている。わからないのは、なぜ、そんなことをしたのか、ということなんだけどね」

「……」

「お母さんを守ろうとしたのかな?」

「え」

繁之がハッとしたように顔を上げる。

「だけど、それはうまくいかなかった。結果として、お母さんは何者かに襲われた。幸い、軽傷で済んだようだけど、それは運がよかっただけだよ。打ち所が悪かったら、どうなっていたかわからない。しかも、これで終わりではないかもしれない」

「母がまた襲われるということですか？」

「そんなことにならないでほしい。これで終わりにしたい。君が何かを隠しているのはわかってるんだよ。いずれ話してくれるだろうと思っていたから無理に聞き出すつもりはなかった。しかし、こうなったからには悠長なことも言っていられない。君が黙っているのは、お母さんのためにならないよ」

冬彦が諭すように言う。

繁之は険しい表情で何事か思案するが、やがて、

「すいません。今は何も言えません」

と頭を下げる。

「そうか。仕方ないな。次の言葉から連想する言葉を言ってほしい。前にやったよね？」

「そんなことが事件解決の役に立つんですか？」

「うん、役に立つ」

「それならいいです」

「病院」

「救急車」

「豆腐」

「冷《ひ》や奴《やっこ》」

「ありがとう、もういいよ」

「もういいんですか?」

「うん」

「……」

こんなことが何の役に立つのだろうか、と繁之は首を捻っている。

七

「あ……出てきましたね」

「行きますよ」

「了解です」

冬彦がうなずく。

つい先程、糸居洋子が意識を取り戻したと樋村から連絡があった。容態は安定しているので、洋子の着替えを取りに繁之が家に戻ることになった、という。父親に何があったかを知らせる必要もある。樋村が車で送ってもよかったが、敢《あ》えて繁之を一人で帰らせることにした。事前に、そう打ち合わせておいたのである。

冬彦と高虎は一時間ほど前に待合室を出て、ずっと車の中で待機し、樋村からの連絡を待っていたのである。待っている間に、病院の売店で買ったサンドイッチとおにぎりを二人で食べた。昼ご飯を食べる暇がなかったからである。

「じゃあ、打ち合わせ通りにお願いしますよ」

「はい」

車を降りると、まず高虎が先に歩き出し、三〇メートルほどの距離を置いて繁之の後をつける。

冬彦は高虎の後方にいる。二人の距離は二〇メートルくらいだ。従って、冬彦と繁之は五〇メートル離れていることになる。

なぜ、そんなことをするのかといえば、

「警部殿は意外と鈍臭《どんくさ》いから、すぐに尾行がばれます。繁之君ではなく、おれを尾行するつもりで後ろからついてきて下さい」

と、高虎に釘を刺されたからだ。

冬彦が素直に従ったのは、高虎に言われるまでもなく、自分が尾行に向いていないことを承知していたからである。ごく自然にさりげなく後をつけるという単純な作業が苦手なのだ。

繁之は阿佐ヶ谷駅から電車に乗り、高円寺駅で降りた。自宅に帰るのなら南口から出るはずだが、繁之は北口を出て、駅のそばにあるコーヒーショップに入った。壁がガラス張りなので、外からでも店内を見通すことができる。

高虎は道路を挟んで反対側のビルの物陰から繁之の様子を窺う。そこに冬彦がやって来た。

「どうですか？」

「大丈夫です。気付かれてはいません」

現場経験が豊富なだけに、高虎は尾行も得意なのだ。繁之に尾行を察知されていないという自信がある。

「さすがですね」

「大したことじゃありません。普通にしていればいいだけですよ。警部殿は大袈裟すぎます。あれでは、すぐにばれますよ」

「そうかなあ、普通にしているつもりなんですが」

「全然普通に見えませんでしたね。ロボットみたいにぎこちない動きでしたよ。仕草もわざとらしすぎます」

「そうでしたか」

冬彦が肩を落とす。

「何事も経験です。経験を積み重ねれば上手になりますよ」

珍しく高虎が冬彦を慰める。

そのまま、二人は道路越しに繁之を見張り続ける。

三〇分ほど経った頃、

「あ」

冬彦が声を発する。制服姿の女子高校生がコーヒーショップに入っていくところだ。

「増岡晴美さんですよね？」

高虎がつぶやく。

「そうです」

晴美は繁之と向かい合ってテーブルに着く。ウェイトレスが来て、注文を取る。

「すぐに自宅に戻るのかと思えば、こんなときにデートですか。何を考えてるのかわからんなあ」

高虎が首を振る。

「デートという雰囲気ではなさそうですけどね」

もちろん、二人が何を話しているのかわかるはずもないが、二人の表情から、何か深刻な話をしていることは察せられる。

「ん？　泣いてるのかな……」

「そのようですね」

二人が見ているうちに、晴美は席を立ってコーヒーショップから小走りに出て行く。右手の甲で涙を拭う仕草をしている。やはり、泣いているのだ。

「なるほどなあ……ふうん、そういうことか」

冬彦がふむふむとうなずく。

「何かわかったんですか？」

「わかったと言えばわかったし、わからないと言えばわかりません」

「何を禅問答みたいなことを言ってるんですか」

「いろいろ想像はできるんですけど、証拠が何もないんですよね」

「何度も言ってますが、気になる奴がいれば、任意同行ってことで署に引っ張って白状させればいいんですよ」

「白状しなければ、かえって面倒なことになって、こじれるかもしれません」

「またまた、もったいつけて」

高虎が嫌な顔をする。

「繁之君も店を出ますね」

会計を済ませた繁之がコーヒーショップを出て、駅の方に歩いて行くのが見える。

「つけますか？」

「もういいでしょう。うちに帰るはずですよ。ところで……」

「何です？」

「宮崎コーチについて調べるには、どうすればいいですかね？」

「は？　何で、いきなり、あのポルシェ野郎の話になるんですか？」

「その言い方は、まずいですよ。前々から感じていましたが、寺田さんは高級車に乗っているお金持ちに対して露骨な敵意を抱いていますよね。ぼくが想像するに、何らかのトラウマがあるんじゃないでしょうか。たぶん、トラウマの原因は子供時代に起こったはずです。お父さんがポンコツ車に乗っているのを金持ちの同級生にバカにされたとか……」

「余計なお世話です。おれのことは放っておいて下さい。何で、宮崎なんですか？」

「ぼくたちが関わっている事件を解く鍵は、宮崎コーチのような気がするんですよね」

「得意の直感ですか？」

「そうです、直感です。どうして、あれほど金回りがいいのか、その理由を知りたいんです。実家が大金持ちだというのなら、それで納得して終わりなんですが」

「本人に訊けばいいじゃないですか。いつだって、ずけずけと面と向かって言いにくいことを訊くんだから。糸居さんの息子にも、随分とひどいことを言いましたよね」

「そうか」

　冬彦が両手をぽんと叩く。

「その通りですね。わからないことは本人に訊くのが一番早いんだ。よし、宮崎さんに訊いてみよう」

冬彦は「ラムセス」に電話し、身分と名前を名乗った上で、至急、宮崎コーチとお話ししたい、と言う。電話に出た受付のスタッフに、宮崎はもう帰りました、申し訳ないのですが個人の連絡先は教えられない規則です、と言われたので、では、責任者の方をお願いします、と電話を替わってもらった。責任者が電話に出ると、重大な事件の捜査に関わることで、どうしても宮崎コーチと連絡を取りたいと説明し、それが無理なら、責任者であるあなたに杉並中央署にご足労願うことになります、とやんわり圧力をかける。そういうことなら教えましょう、とあっさり電話番号を教えてくれた。

冬彦が電話を切ると、

「意外と腹黒いやり方をしますね」

高虎がにやっと笑う。

「寺田さんの真似をしているだけです」

肩をすくめ、宮崎に電話をかける。

すでに他のクラブに移動しており、これから夜九時過ぎまで、びっしりレッスンが入っているので、今日は会えない、と断られる。明日でよければ、午前中のレッスン前に会えます、と言うので、それでお願いします、と冬彦は了解した。

八

二月二三日（火曜日）

朝礼が始まるまで、まだ二〇分ある。

冬彦は杉並の歴史に関する本を読んでいる。

突然、

「あ」

と叫ぶや、机をどんと叩く。

驚いた亀山係長が口からお茶を吐き出してしまう。

「ど、どうしたんだい、小早川君？」

亀山係長がティッシュで口許を拭いながら訊く。

「豆腐ですよ、豆腐！」

「豆腐が……何？」

「寺田さん、行きましょう」

高虎の机に近付くと、スポーツ新聞をひったくる。

「どこに行くんですか？　まだ朝礼も終わってないのに」

両腕を伸ばしながら、大きな欠伸《あくび》をする。まったくやる気のない顔である。

「係長、今日の朝礼、何か重大な連絡や報告がありますか？」

「いやあ、特にないかな。いつも通りというか……」

「じゃあ、出かけて構いませんか？　こっちは重大だし、急ぐんですが」

「できれば朝礼は、みんなでやりたいんだけど、まあ、急ぐのなら仕方ないかな。どうしてもと言うのであれば……」

「ほら、寺田さん、係長の許可が出ましたよ。行きましょう」

冬彦が高虎の腕を引っ張って立ち上がらせる。

困った人だよ、とつぶやきながら高虎が部屋から出て行く。

車に乗り込むと、

「どこに行くんですか？『ラムセス』ですか？　宮崎に会うには、まだ早いような気がしますが」

「高円寺南二丁目です」

「常世田さんの家ですか？」

「違います。長龍寺というお寺さんです」

「朝っぱらから、何しに寺に行くんですか」

「豆腐地蔵があるんです」

「は？　豆腐地蔵？　豆腐でできたお地蔵さん？」

「そうじゃありませんよ。車を出して下さい。道々、説明しますから」

「よくわからないけど、とりあえず行きましょう」

高虎が車を発進させる。

「元々、長龍寺は麴町《こうじまち》で創建されたのですが、徳川と豊臣《とよとみ》の大坂《おおさか》の陣が終わった頃に市《いち》ケ谷《がや》左内坂《さないざか》に移転したんです。明治の終わり頃、陸軍士官学校が拡張することになったので立ち退きを命じられ、今の場所に移りました。長い歴史のあるお寺さんなんですよね」

「はあ、そうですか」

さして興味もなさそうに高虎が生返事をする。

「御本尊は釈迦如来坐像《しゃかにょらいざ》で、本堂に祀《まつ》ってあります。本堂の奥に墓地があって、墓地の入口に祠があります。その祠に、なぜか、右耳が欠け、頬に切り傷のあるお地蔵さまがおられるんです。そのお地蔵さまが豆腐地蔵と呼ばれているんですよ。なぜ、お地蔵さまの耳が欠け、頬に切り傷があって、そのお地蔵さまが豆腐地蔵と呼ばれているか興味津々ですよね？」

「いや、別におれはそんなことには……」

「江戸時代の話ですが……」

高虎の言葉など無視して、冬彦が勝手に話し始める。こんな話である。

長龍寺が市ヶ谷左内坂にあった頃、夕暮れどきになると左内坂下にある豆腐屋に身なりの貧しげなお坊さんが豆腐を買いに来た。夜になって銭箱を見ると木の葉が混じっており、銭が不足していた。そんなことがたびたびあったので、豆腐屋の主は、

「あの坊主の正体は狐《きつね》か狸《たぬき》ではないか」

と疑い、寺社奉行に訴え出た。

そこで寺社奉行は清水兵吉《しみずへいきち》という同心に調べさせることにした。

清水が見張っていると、夕暮れどきに、お坊さんが豆腐を買いに来た。

店を出たところで、

「わたしは寺社奉行支配の同心で清水という者だ。ちょっと話を聞かせてもらいたい」

と声をかけた。

坊さんは跳び上がるほど驚いて、清水に背を向けて逃げようとした。

「こら、待たぬか」

清水は咄嗟《とっさ》に刀を抜いて切りつけた。がつんという音がしたかと思うと、坊さんの姿は消えている。あとには血のついた石のかけらが落ちていた。

血の跡を辿《たど》っていくと、長龍寺の門前に祀ってあるお地蔵さまの前で消えている。おかしいな、と清水が顔を上げると、何とお地蔵さまの右耳が欠け恨めしげな目で清水を見下

ろしている。

「まさか、お地蔵さまの化身であったとは……。知らぬこととはいえ、わしは何という罰当たりなことをしてしまったのだ」

清水は己の所行を深く悔い、職を辞し、家督を弟に譲って出家した。徹了《てつりょう》と名を改めた清水は長龍寺に弟子入りし、このお地蔵さまの供養に励んだ。

豆腐屋の主も、

「わしがつまらぬ訴えをしたばかりに大変なことになってしまった」

と反省し、毎朝、できたての豆腐をお地蔵さまに供えるようにした。

その頃から、この豆腐屋は大いに繁盛《はんじょう》するようになったので、噂《うわさ》を聞いた江戸の豆腐屋が争うように自分の店の豆腐をお地蔵さまに供えに来るようになった。

「そんなわけで、いつの頃からか、そのお地蔵さまは豆腐地蔵と呼ばれるようになったそうなんです」

「ああ、そうですか。もう着きましたよ」

冬彦が夢中になって説明しているうちに車は長龍寺に到着した。

高虎が門前の駐車場に車を停めると、冬彦が助手席から転がるように降り、足早に山門に近付く。

「いやあ、見事な黒塗りの門ですね。歴史の重みを感じるなあ。見て下さい、この額。江戸時代初期の名僧、月舟宗胡《げっしゅうそうこ》の書だそうです。豪快でありながら、凜《りん》とした品格を感じますね」

「書道に詳しいんですか?」

「いいえ、そう本に書いてありました」

「何だ」

「行きましょう」

冬彦が軽い足取りで門を潜る。正面に本堂があり、そこを左に曲がっていくと奥が墓地になっている。

「お」

左に曲がった正面に祠がある。

真ん中に大きなお地蔵さんが立ち、その左右に小柄なお地蔵さんが立っている。

「いやあ、本当だ。お地蔵さんの右の耳が欠けている。頰にも傷がある。すごいなあ。驚きますよね。昔話の通りじゃないですか。このお地蔵さんがお坊さんに化けて、豆腐を買いに行ったんですよ。信じられますか?」

「信じられません。いや、信じません」

「豆腐が大好きなんですね。わかります。豆腐は健康にもいいし、おいしいですからね。そのまま冷や奴で食べてもおいしいし、湯豆腐にしてもうまい。ぼくは豆乳も湯葉《ゆば》も好きです。お地蔵さんだって豆腐を食べたくなりますよね……」

　突然、冬彦が口を閉ざして難しい顔になる。

「どうしたんですか?」

「なぜ、犯人が豆腐で糸居さんを殴ったのか……その謎が解けたような気がします」

「ほう、何ですか?」

「お地蔵さまは木の葉で豆腐を買おうとしたんですよね? 豆腐屋の主人からすれば、お坊さんに騙された、豆腐を盗まれたのも同じだと腹を立てたわけじゃないですか」

「それで?」

「糸居さんは誰かから何かを盗んだ……少なくとも犯人はそう思い込んで、糸居さんに腹を立てたのではないでしょうか」

「何を盗んだんですか?」

「わかりません」

「まさか誰かから豆腐を盗んだから、豆腐で殴られて仕返しをされたってことはないでしょう。何のために、わざわざ凍った豆腐で殴る必要があるんですか? 他のものでいいじゃないですか。バットでも金槌でも……」

「あ、そろそろ宮崎コーチとの約束の時間だ。急ぎましょう。遅刻してしまいますよ」

　豆腐地蔵に向かって一礼すると、冬彦が祠から出て行く。

「最近、都合が悪くなると、すぐに話を逸らすようになったなあ。嫌な感じだぜ」

ちぇっ、と舌打ちしながら、高虎も両手を合わせて一礼する。賽銭も入れた。一〇円玉である。

九

冬彦と高虎は「ラムセス」に向かった。駐車場で待っていると、宮崎のポルシェがやって来た。

「おはようございます」

冬彦が明るく声をかける。

「あ、どうも」

ぶすっとした顔で、宮崎が軽く会釈する。

「どこで話しましょうか」

「長くかかるんですか？」

「いいえ、なるべく短く切り上げるつもりです。これから、お仕事でしょうから」

「それなら、あっちで」

テニスコートの横にはベンチがいくつか置かれている。まだレッスンには早いので誰もいない。

　三人はベンチに移動する。

「どうぞ」

　冬彦が宮崎にベンチを勧める。宮崎が腰を下ろすと、

「唐突ですが、連想ゲームをしましょう」

「は？」

「わたしが口にする言葉から何を連想するか、できるだけ素早く答えてほしいんです。こんな感じです」

　いいですか、寺田さん、と言うと、高虎が仏頂面でうなずく。

「ギャンブル」

「競馬」

「カラオケ」

「八代亜紀《やしろあき》」

「日本酒」

「八海山《はっかいさん》」

「こんな感じです。いいですか？」

「はあ……」

「行きますよ。ポスト」

「赤」

「豆腐」

「白」

「トヨタ」

「レクサス」

「父親」

「サラリーマン」

「二〇〇〇万円」

「世界一周」

「ありがとうございます。ひとつ質問ですが、どうして二〇〇〇万円から世界一周を連想したんですか?」

「テニスのグランドスラム大会を予選から決勝まで、前哨戦《ぜんしょう》の大会も含めて、一年かけて、じっくり見て回りたいというのが昔からの夢なんですよ。いいホテルに泊まって、エコノミーではなくビジネスクラスで移動して……以前、面白半分にどれくらいで行けるか計算したら二〇〇〇万くらいだったんです。ウィンブルドンやオーストラリアンオープンを観に行ったことはありますが、どちらも一週間くらいで帰ってきましたから」

「なるほど、そういうことでしたか」

冬彦がうなずく。

「糸居洋子さんが入院したことをご存じですか？」

「え。糸居さんが入院？　何があったんですか」

「何者かに襲われて怪我をしたんです」

「まさか」

「あなたが襲ったんじゃないんですか？」

「何ですって？」

宮崎の顔色が変わる。

その顔をじっと見て、

「違うようですね」

冬彦が首を振る。

「どうして贅沢《ぜいたく》な暮らしをしていられるんですか？　実家がお金持ちなんですか」

「うちはごく普通のサラリーマン家庭で、金持ちというわけではありませんが……」

「テニスのコーチをかけ持ちしているとポルシェに乗ったり、海外旅行に行ったりできるんですか？」

「ええ、まあ、それは……」

「嘘をつくのは勝手です。しかし、これは凶悪事件です。ひとつ間違えば、糸居さんは命の危険があったんですよ。もし宮崎さんが何らかの関わりがあるのなら、ここで嘘をつくことは、後々、自分のためにはなりませんよ」

「何も悪いことはしてません」

「糸居洋子さんとは、どういう関係ですか?」

「彼女は、わたしのクラスでテニスを……」

「あんた、本当にそれでいいのか?」

高虎が肩を怒らせて凄《すご》む。冬彦とは比べものにならないほど迫力がある。

「わかりました。言います……」

宮崎がかっくり肩を落として糸居洋子との関係を白状する。

一〇

「係長、いいんですか?」

靖子が横目で亀山係長を見る。

「どうしても捜査に必要だというしねえ」

「ドラえもん君がそう言ってるだけじゃないですか。何だって、こんな狭い部屋にあんなものを三つも置く必要があるんですか？」

靖子の視線の先には三つのホワイトボードがある。

冬彦が備品係から借り出してきたものだ。

それぞれのホワイトボードには、常世田真紀の失踪、糸居洋子への脅迫と暴行、銭塚からの二〇〇〇万円盗難という三つの事件に関する内容が簡潔にまとめられている。

「なるほどなあ……そういうことか……いや、違うな、そうじゃない……ううむ、まだ足りない。何かが足りない。パズルのピースが欠けている」

ホワイトボードの前に冬彦が坐り込み、何やらぶつぶつ言いながら、時折、何かを思いつくと、ホワイトボードに書き込んでいく。

「怠《なま》けてていいの？　あんたも手伝いなさいよ」

靖子が高虎に言う。

高虎は、暇そうな顔でスポーツ新聞を読んでいるのだ。

「ああ、いいんだよ。頭を使う仕事には不向きだとはっきり言われてるんでね。おれが口を出すと、かえって邪魔らしい」

「そんなことを言われたの？」

「うむ」

「まあ、確かに頭脳派ではないだろうけど、そこまで露骨に言われると、何だか悲しくなるね。さすがにあんたに同情するわ」

「そんなことくらいで落ち込むようだと、警部殿とコンビなんか組めないんだよ。おれも最初は、カリカリすることもあったけど、最近は、そんなこともない。気にしなければいいだけのことなんだ」

「ある意味、お互いのことを深く理解し合ってるよね。すごいわ」

靖子が感心したようにうなずく。

そこに、

「やってますね」

刑事課の古河祐介主任が顔を覗かせる。

「おう、どうした？　こんなところで油を売る暇があるのか」

高虎が揶揄するように言う。

「ようやく糸居さんが普通に話ができる状態になったので、これから中島と話を聞きにいくところです。怪我そのものは大したこともなく、明日には退院できそうなんですが、精神的なショックが大きいみたいなんですよね」

古河が言うと、

「わかります」

いきなり冬彦が話に割り込む。

「無言電話や嫌がらせのハガキで不安を感じていたときに、何者かに襲われて怪我をしたわけですから、ものすごいショックだと思います」

「無言電話やハガキのときと違って、今回は明らかな傷害事件ですから、うちも本腰を入れて捜査に取り組んでいます。しかし、今のところ犯人に繋がるような証拠が見付かりません」

「現場に残っていたのは豆腐だけだもんな」

「通り魔事件とは思えませんから、怨恨《えんこん》の線から調べていくつもりです。誰かに恨まれる覚えはないか、まずは糸居さんに話を聞かないと」

「無言電話とハガキの件で相談に来たとき、糸居さんにその質問をしただろう？　人に恨まれる覚えはありません、と答えたはずだよな」

「そうなんですけどね」

「糸居さんが自覚していないだけですよ。間違いなく誰かの恨みを買ったのです」

「豆腐地蔵と同じだと言いたいわけですね？」

高虎がにやりと笑う。

「何ですか、豆腐地蔵って？」

古河が怪訝な顔になる。

「いいんだ、気にするな」

高虎が首を振る。

「無言電話とハガキは、糸居さんに対する警告だったんですよ。その警告を糸居さんが無視したので、犯人は実力行使に訴えたわけです」

「まず自転車をパンクさせ、次に凍った豆腐で頭を殴った」

古河が言う。

「ああ、それは違うんですよ」

「何がですか？」

「自転車をパンクさせた人物と凍った豆腐で頭を殴った人物は別人だという意味です」

「は？」

「自転車をパンクさせたのは、恐らく、繁之君です。証拠はないんですが」

「繁之君というのは、糸居さんの息子ですよね？」

「はい」

「なぜ、そんなことをしたんです？」

「それを考えているところです」

「じゃあ、豆腐で頭を殴ったのは誰なんですか？」

「今は言えません」

「今はって……。もしかして、目星が付いているんですか？」

「そんなところです」

「冗談じゃない。隠さないで教えて下さい。これは傷害事件なんです。打ち所が悪かったら、糸居さん、命が危なかったかもしれないんですよ」

古河が興奮気味に言う。

「証拠がないんです」

「怪しい人間がわかっているのなら任意同行を求めて話を聞くという手があります」

「ダメです」

「寺田さん、何とか言って下さいよ」

古河が高虎に助けを求める。

「同じことを、おれも言ったよ。だけど、おれの言うことなんか、右から左で、まともに聞こうともしない。この人は、結局、自分のやりたいようにやる人なんだよ。警部殿の辞書には『協調性』という言葉はないらしい」

高虎が肩をすくめる。

「そう焦らないで下さい。パズルのピースが埋まったら、すべてお話ししますから」

冬彦が言う。

「犯人がまた糸居さんを襲ったら、どうするんですか？」

「その心配はないと思います」

「なぜ、そう言い切れるんですか？」

「糸居さん、今は病院にいますよね。退院して自宅に戻っても、しばらく外出は控えるでしょう。だから、大丈夫なんです」

「わけがわからないんですが……」

「犯人を刺激しなければ大丈夫なんですよ」

冬彦がにこっと笑う。

「そんなことを言って、何かあっても知りませんからね」

じゃあ、病院に行きます、と古河が不満そうな顔で「何でも相談室」を出て行く。

「古河の言うことが正論だと思いますが、警部殿のことだから聞く耳を持たないんでしょうね」

高虎がまたスポーツ新聞を広げる。

冬彦もホワイトボードに向き直って、ぶつくさ言い始める。

一一

一時間ほど経って……。

「少し休憩したら？　一呼吸置くことで、いいアイデアが生まれることもあるよ」

亀山係長が冬彦に湯飲みを差し出す。お茶を淹れ、冬彦のところに持ってきたのだ。高虎はタバコを吸いに外に出てしまったので、部屋には冬彦、亀山係長、靖子の三人しかいない。

「そうですね」

珍しく素直にうなずくと、肩の力を抜いて湯飲みを受け取る。よほど思案に行き詰まっていたらしい。

「ひとつひとつの事件の真相は何となくわかるんです。ただ、これらの事件がどう繋がって、誰がどういう役割を果たしているのか……そこのところがわからないんです」

「パズルのピースが足りないわけだね」

亀山係長がホワイトボードを眺めながら首を捻る。

「そうなんです」

「木を見て森を見ずという諺《ことわざ》があるけど、逆に考えれば、森全体を眺めれば、一本一本の木にとらわれる必要はない、と言えるかもしれないね」

「なるほど……」

冬彦が感心する。

「何をエラそうなことを言ってるんですか。ジグソーパズルが苦手なだけじゃないですか。その上、いつもピースをなくして探し回ってるんだから」

靖子が顔を顰める。

「詳しいですね」

「休みの日は一日中、朝から晩までマルと遊んでいたい人だからね。だけど、マルの方が退屈して居眠りしてしまうのよ。そうすると、係長は暇潰しにジグソーパズルを始めるわけね。不器用な人だから、いつまで経ってもパズルは完成しないし、ピースをなくすし……。もっともらしく聞こえるだろうけど、係長の言ってることに大して深い意味はないのよ」

「ひ、ひどいなあ、三浦さん」

亀山係長が恨めしそうに靖子を見る。

「本当のことじゃないですか。休みのたびに、うちに押しかけられて、こっちは、ものすご〜く迷惑してるんですよ。マルを差し上げますから、うちに置いてあるジグソーパズルと一緒にご自宅にお持ち帰り下さいませ」

「そんなあ、うちのが許してくれないもん」

「何が『くれないもん』ですか！　いい年をしたおっさんが甘ったれた言い方をするとキモいだけなんですよ」

ふんっ、と靖子が鼻を鳴らす。

「小早川君、邪魔をしたね」

亀山係長がとぼとぼ自分の席に戻る。

そこに、どたどたと足音を響かせて、高虎が戻ってくる。

「あら、安智も一緒なの？」

靖子が言う。高虎の後ろから理沙子が部屋に入ってくる。更に理沙子の後ろから、樋村が重い足取りで続く。

「疲労困憊《ひろうこんぱい》してるじゃないの、そんなにがんばったわけ？」

靖子が樋村に訊く。

「自分なりに全力を尽くしました」

樋村が崩れるように席に着く。

「で、成果はあったのかよ？」

高虎が訊く。

「嫌だなあ、どうせ何もわからなかったくせに一人前に疲れた振りをしやがって……そう言いたいわけですよね？」

樋村が不愉快そうに唇を歪める。

「根性が曲がってやがんなあ。まあ、当たらずといえども遠からずだが」

高虎がにやっと笑う。

「今日は珍しく樋村ががんばったんですよ。警部殿から預かった部活の集合写真、あそこに写っている部員たちの名前を調べるところまでは、そこそこ時間はかかりましたが、大して面倒なことはなかったんです。それからが大変だったんですよ。つまり、常世田真紀さんと親しくしていた男子部員は誰だったのか、ということなんですけどね」

理沙子が説明する。

「わかったのか?」

高虎が訊く。

「この件に関しては、樋村を誉めてあげて下さい。授業が終わって、部活が始まるまでの時間に部員たちにしつこく付きまとって、ものすごく嫌な顔をされながら貴重な情報を手に入れたんですから」

理沙子がちらりと樋村を見る。

「それって、誉めてくれてるんですか? 全然、そんな風には聞こえないんですが」

樋村が口を尖らせる。

「それでどうなの、何かわかったの?」

冬彦が椅子をくるりと回転させて樋村に向き合う。

「付き合っていたかどうか、そこまでの確証はないんですが、常世田さんが慕っていたという先輩の名前はわかりました」

樋村が椅子から立ち上がり、ホワイトボードに近付く。常世田真紀の失踪事件に関する事柄をまとめたホワイトボードには集合写真のコピーが貼ってある。何枚かコピーしたうちの一枚である。

「これが糸居繁之君です……」

樋村が写真の繁之を指差す。

「彼の隣にいるのは近藤伸也君といいます。糸居君と親友だったそうです」

「それが常世田真紀のボーイフレンドなのか？」

高虎が訊く。

「さっき言ったじゃないですか。はっきりしたことはわからないのですが、常世田さんが慕っていたのは間違いなさそうだし、近藤君以外に常世田さんと親しそうな男友達の名前も浮かんでこないんです」

樋村が答える。

「近藤君はキャプテンだったんですよ。どんな部活であれ、キャプテンって、モテるじゃないですか。近藤君はイケメンで親切だったらしいので、彼に憧れていた女子は多かったみたいですね」

理沙子が言う。

「糸居繁之と同級生ということは、今は大学一年か？」

高虎が訊く。

「いいえ、近藤君は進学してません」

樋村が首を振る。

「本人は進学を希望していたみたいなんですが、家庭環境が複雑で、最終的に進学を断念して就職したようです。しかも、卒業と同時に家を出て一人暮らしを始めています」

「ご両親との折り合いが悪く、しかも、経済的に恵まれない家庭だったようです。担任の先生は奨学金をもらって進学することを勧めたようですが、本人が断ったらしいですね」

理沙子が樋村の説明を補足する。

「奨学金といっても、返済しなくてもいい奨学金ならありがたいですが、今は大学卒業後に返済するパターンがほとんどですからね。利息も付くし、形を変えたローンですよ。就職難の時代だし、卒業と同時に大きな借金を背負って生活が破綻《はたん》することも珍しくないようですから、近藤君の選択は正しいのかもしれませんよ」

樋村が言う。

「就職先は？」

「最初は地元の建設会社でしたが、そこはすぐに辞めたようで、次は飲食店ですね。その先はわかっていません」

「その先って……そんなに頻繁に仕事を替えてるのか？」

高虎が驚いたように訊く。

「そうらしいんです。建設会社には正社員として採用されたようですが、その次からは、たぶん、バイト扱いじゃないんですかね」

「それで生活が成り立つのか？」

「そこまでは調べてません」

樋村が首を振る。

「そうか……なるほどなあ、そういうことなのか……」

ふむふむ、と冬彦が何度もうなずく。

「何かひらめきましたか？」

高虎が揶揄するように、にやっと笑う。

「キーになるパズルのピースが手に入った気がします。そのピースがどこに当てはまるのか、今は言わないことにしましょう。今夜一晩、もう一度、よく考えてみます。樋村君、お手柄だよ。君にしては珍しく役に立つことしてくれたね。滅多にないことだね。まったく期待していなかっただけに嬉しさもひとしおだな。ありがとう。感謝するよ」

冬彦が樋村に小さく拍手する。

「これは誉められているのでしょうか？　何となく素直に喜んではいけない気もするんですが」

樋村が周りを見回す。

「好きなように解釈すればいいんじゃない？」

理沙子が肩をすくめる。

一二

二月二四日（水曜日）

朝礼が終わると、冬彦は刑事課に出向いた。

古河を見付けると、つかつかと歩み寄り、

「今夜、中島君と二人でぼくに付き合ってもらえませんか？」

と切り出す。

「何ですか、突然？」

「パズルのピースが埋まったら、すべてお話しすると昨日言ったじゃないですか」

「じゃあ、埋まったわけですか、そのパズルが？」

「そう思います」

「事件の謎が解けたという意味ですよね？」

「はい」

「糸居さんを豆腐で殴った犯人を教えてくれるんですね？」

「そうです」

「誰なんですか？」

「今は言えません。今夜わかりますから」

「どうしてですか？　わかっているのなら、今教えて下さいよ」

「ダメです。理由があるんです」

じゃあ、また連絡しますから、と言い残して冬彦が刑事課から出て行く。その後ろ姿を、古河が呆然と見送る。


「何でも相談室」に戻ると、冬彦はあちこちに電話をかけたり、メールを打ち始める。

一時間くらいすると、

「よし、これで大丈夫だ」

両手をパンパンと打ち合わせて、大きく息を吐き出す。高虎を見て、

「寺田さん、お昼ごはんを食べに行きませんか？」

「まだ早いですよ」

「今夜のことを打ち合わせしたいんです」

「ここでやればいいじゃないですか」

「時間の節約です。ほら、行きましょうよ」

椅子から立ち上がり、高虎を促す。

「何を食べに行くんですか？」

スポーツ新聞を机の上に放り出して、高虎が面倒臭そうに立ち上がる。

「まずい蕎麦屋に行きましょう」

「何で、まずいのに行くんです？　無理しなくていいんですよ」

「まずい蕎麦にも、まずいなりに味わいがありますからね」

冬彦がにこっと笑う。

一三

その夜、午後六時過ぎ、冬彦と高虎、理沙子、樋村は大平家を訪ねた。中島と古河も一緒だ。少し遅れて、常世田夫妻がやって来る。泰治は不機嫌そうな顰めっ面をしている。今夜はどうしても、ご夫婦でいらしていただきたい、何とかご主人を説得して連れてきて下さい、と冬彦が頼んだのである。

その後に糸居繁之、菊沢紀香もやって来た。

全部で一〇人が大平家を訪ねてきたことになる。

もちろん、大平の了解は得てある。

大平家には、大平浩一郎の他に娘夫婦の一郎と留美子、孫の晴美がいる。

これら一四人が大平家のリビングに集まった。彼らを集めるために、午前中、冬彦は忙しく電話をかけたり、メールを送ったりしたのである。かなり広いリビングだが、さすがにこれだけの人数が集まると、さして広くは思えない。

「わざわざお集まりいただいて、どうもありがとうございます。今現在、三つの事件が起こっており、解決に至っていません。常世田真紀さんは一年ほど前から行方がわかりません。糸居洋子さんは無言電話や怪しいハガキを送りつけられるという嫌がらせを受けた揚げ句、一昨日、何者かに襲われて怪我をして入院しました。大平さんのお宅の庭にある銭塚からは二〇〇〇万円という大金が紛失しました」

冬彦が説明を始めると、

「小早川さん、わたしは、なくなったお金の行方がわかったと聞いたから、娘夫婦や孫と一緒に待っていたんですよ。三つの事件とおっしゃるが、お金以外のふたつの事件は、わたしどもには関係ないでしょう。なぜ、この方たちがここにいる必要があるんですか？」

大平が首を捻りながら訊く。

「それはですね、何の関係もなさそうな、これら三つの事件が密接に結びついているからなのです。皆さんが知り合いというわけではなく、中には初対面という方たちもいらっしゃいますが、自分は知り合いでなくてもご家族の誰かが友達だったり知り合いだったりというように、何らかの形で繋がりのある方たちがここに集まっているのです。わたしは最初、三つの事件をまったく別個のものと考え、それぞれの事件について調べましたが、調べていくうちに、この三つの事件には深い繋がりがあることに気が付きました。そして、三つの事件は個別に解決すべきものではなく、解決するときには一挙に三つ同時に解決しなければダメなのだとわかりました。だから、今夜、こうして皆さんに集まっていただいたのです」

「はあ、よくわかりませんが、お金の行方もわかるということなんですね？」

大平は、まだ完全には納得していないようだ。

「人が何らかの行動をするには、必ず理由があります。傍から見るとわけがわからないことでも、その本人にとっては、ちゃんと意味のあることだったりするわけです。だから、その人になったつもりで素直に考えていけば、おのずと行動の理由がわかるはずです」

冬彦はソファから腰を上げ、リビングの中をゆっくり歩き回る。

「最初に常世田真紀さんの失踪について考えてみましょう。恐らく、真紀さんは事件や事故に巻き込まれたのではなく、自らの意思で姿を消したのではないか、とわたしは推測しています」

「なぜ、娘が姿を消す必要がある？　いい加減なことを言わないでもらいたい」

泰治が腹を立てる。

「最後まで聞いていただければ納得のできる答えが見付かるはずです」

「しかし……」

「あなた」

喜久子が泰治の袖を引く。泰治が口を閉ざす。

「この件には、いろいろ謎があります。最大の謎は、今、常世田さんがおっしゃったように、なぜ、真紀さんは姿を消したのか、ということです。他にもわからないことがあります。二週間ほど前、真紀さんが自宅に電話をかけてきたことです。なぜ、電話してきたのか、電話するくらいなら姿を見せればいいのに、なぜ、そうしないのか？　他にもあります。失踪したとき、真紀さんは大してお金を持っていませんでした。この一年、どこで、どうやって暮らしていたのでしょうか？　自分でお金を稼ぐのは難しいはずです。何らかのバイトをしたとしても、それほどの稼ぎになるとは思えません。とても生活費には足りないでしょう。誰かが助けていたと考えるのが自然ではないでしょうか？　実は、真紀さんが失踪した朝、公園で若い男性と一緒にいる姿を目撃されています」

「何だと？」

泰治が肩を怒らせて立ち上がろうとする。それを喜久子が必死に押しとどめる。

「恐らく、真紀さんには親しくしていたボーイフレンドがいて、そのボーイフレンドが失踪に関わっている……とわたしは考えています」

「それが誰なのかわかっているんですか？　その人は真紀の居場所を知って……」

喜久子が質問しようとするが、

「どうか慌てないで下さい。もうすぐわかるはずですから」

冬彦がやんわり押しとどめる。

「次に糸居洋子さんが襲われた一件について考えてみましょう。糸居さんが最初に杉並中央署に相談にいらしたのは無言電話が頻繁にかかってくるようになったことと、不審なハガキが送られてきたことに不安を感じたせいでした。こんな内容です……」

平日、月曜から金曜まで、自宅から半径五〇〇メートルより外に出ないようにして下さい。

糸居洋子さまに不幸なことが起こらないことを心から願い、このような忠告をさせていただく次第です。

ふざけているわけではありません。

この忠告を信じて下さることを願っております。

「糸居さんが相談にいらした段階では具体的な被害が何もなかったので、警察は動くことができませんでした。痺《しび》れを切らした糸居さんはハガキの忠告を無視して外出し、スーパーの駐輪場で自転車をパンクさせられるという被害に遭いました。先週の水曜日です。そのスーパーは自宅から六〇〇メートル離れていました。糸居さんは『ラムセス』にテニスのレッスンを受けに行く途中、おやつを買うためにスーパーに寄ったのです」

　冬彦が繁之をじっと見つめる。

「自転車をパンクさせたのは繁之君だよね？」

「……」

　繁之は表情を強張らせ、口を真一文字に引き結んでいる。何も話さないぞ、という強い意志がはっきり表れている。

「じゃあ、無言電話やハガキを出したのも……？」

　古河が繁之を見ながら訊く。

「いいえ、それは違います」

　冬彦が首を振る。

「繁之君は無言電話やハガキの持つ意味を糸居さん以上に深刻に受け止めていたんですよ。警告を無視すれば、間違いなく不幸なことが起こるとわかっていたから、自転車をパンクさせることで糸居さんを『ラムセス』に行かせないようにしたのです。そうだろう、繁之君？」

「……」

「これ以上、黙っていることに何か意味があるかな？　何度も言うように、ぼくには真相がわかっているんだよ」

「母を止めました」

ようやく繁之が重い口を開く。

「でも、聞いてくれなかったんです。ただのいたずらだろうって。いたずらだから、警察だって何もしてくれない。それなのに、家に閉じ籠もって、びくびくしているなんて馬鹿げている。わたしはやりたいことをする。普段通りの生活をする……そう言って出かけました。放っておくと、きっとまずいことが起こると思ったので、母の後を追いました。ちょうど母に頼まれて、家庭菜園で使う細い竹を切っているところだったので、竹を切るのに使っていた大型のカッターナイフを持っていきました。それを何に使うか、はっきりした考えはなかったんですが……」

「で、お母さんが買い物をしている間に自転車をパンクさせたわけだね？」

「そうです」

「その理由を繁之君に説明してもらうのは酷だから、わたしが代わって説明しましょう」

そこで冬彦は一呼吸置いて、皆の顔をぐるりと見回す。

「自宅から半径五〇〇メートルより外に出るな、というのは、実は『ラムセス』に来るなという意味だったのです。そうですよね、増岡さん？　そういう意味でハガキを送りましたね？」

冬彦が増岡留美子をじっと見つめる。

皆の視線が留美子に集まる。

「何をバカな……なぜ、わたしがそんなことをしなければならないんですか、いい加減なことを言わないで下さいよ」

留美子は顔色を変えて否定するが、声は震え、動揺を隠しきれない様子である。

「糸居さんを宮崎コーチに会わせないようにするため、テニスのレッスンから閉め出すために無言電話をかけたり、ハガキを送ったりしたんですよね？」

「知りません。冗談じゃない」

留美子が何度も首を振る。

「実は、もう宮崎コーチからは話を聞いたんです。面倒なことに巻き込まれるのは嫌みたいでした。自分は絶対に犯罪行為には加担していない、だから、何でも正直に話します、後ろめたいことは何もない……そう言ってましたよ」

「……」

留美子が真っ青な顔でうつむく。

それを夫の一郎が不審そうに見つめる。

「こちらに引っ越してきてから『ラムセス』で宮崎コーチのテニスレッスンを受けるよう

になり、グループレッスンにも誘われたんですよね？　ぼくはテニスには詳しくないし、やったこともありませんが、宮崎コーチ、テニスの教え方がとても上手だと聞いていますし、見た目もカッコいいですから、女性会員にはモテモテだそうです。増岡さんが夢中になったのも当然です」

「あの小早川さん、これは、どういうことなので……？」

大平が戸惑い顔で訊く。

「すぐにわかりますよ」

冬彦がにこっと笑う。

「増岡さんが身も心も、そして、大切なお金までも宮崎コーチに捧げたのは、ある意味、仕方がなかったとも言えます。なぜなら、あの人、そういうことがものすごく得意らしいんです。今まで何人もの会員さんが増岡さんと同じように貢《みつ》いだらしいですよ。だから、宮崎コーチは羽振りのいい生活を送っていられるんですね。コーチの給料だけでは高級外車に乗ったり、海外旅行に行ったり、一等地にあるマンションに住むことはできないと自分の口でおっしゃっていました。もうひとつ、はっきり言ってましたが、女性会員と付き合うのはお金のためで、それ以外に理由はないそうです。何の恋愛感情も抱いてないから、お金を貢いでくれなくなった会員さんとは、さようなら、ということになります。そして、次のターゲットを探すわけです。増岡さんの次に、宮崎コーチは糸居さんに目を付けたそうです。レッスン中にはかなり特別扱いをしたと言ってました。それを見て、増岡さん、嫉妬しましたよね。でも、糸居さんは宮崎コーチのアプローチにはまったく心を動かされませんでした。無言電話をかけたり、ハガキを送る必要はなかったんですよ。これを聞くとショックかもしれませんが、宮崎コーチは脈のない糸居さんを諦めて、他の会員さんにターゲットを変更するつもりでいたそうですよ」

「嘘よ……そんなの嘘よ……」

うつむいたまま、留美子がぽつりと言う。

「三つ目の事件、銭塚から大金がなくなった件についても触れることにしましょう」

冬彦が大平に顔を向ける。

「改めて伺いますが、銭塚からなくなったのは二〇〇〇万円ですね？」

「そうです」

大平がうなずく。

「ここまで話を聞いてくれた皆さんにはおわかりでしょうが、銭塚からお金を取り出したのは増岡留美子さんなのです。その理由は、言うまでもありませんね。宮崎コーチに貢ぐためです。恐らく、最初は、ご自分のお金を貢いでいたのでしょうが、それでは全然足りないので銭塚に目を付けたのでしょう。違いますか？」

「……」

留美子は口を閉ざしたまま何も答えない。

「大平さんから相談を受け、わたしと寺田巡査長が銭塚について調べました。その結果、外部の人間が銭塚からお金を盗み出すのは難しそうだとわかりました。そうなると、ご家族が怪しいということになります」

冬彦が一郎に顔を向ける。

「どうか気を悪くなさらないでほしいのですが、最初に疑いをかけられたのは一郎さんなんです」

「ああ、そうですよね。まあ、当然だと思います。ろくな稼ぎもなく、金に困っているのは事実ですから……。家から大金がなくなれば、真っ先にわたしが疑われるでしょうね」

一郎が自嘲《じちょう》気味に口許を歪める。

「わたしは一郎さんと話をして、一郎さんが犯人ではない、何も嘘をついていない、とすぐにわかりました。すると、犯人は他にいることになります」

冬彦が大平、留美子、晴美の顔を順繰りに見回す。

「増岡留美子さんと話して、この人がお金を取ったのかなという疑いを持ちましたが、何も証拠がありませんでした。何より、不思議だったのは、留美子さんが一郎さんを疑っていたことです。疑っている振りをしているのではなく、本当に疑っているのです。その理由がわかりませんでした。しかし、さっき話したように、留美子さんは宮崎コーチにお金を貢いでいました。銭塚から取ったお金も貢いだのです。そうですよね？」

　冬彦が留美子に訊く。

「……」

「宮崎コーチは、二五〇〇万くらい貢いでもらったと言ってました。銭塚の二〇〇〇万とご自分の財産から五〇〇万を渡したのですか？」

「ふんっ、一〇〇〇万よ」

「は？」

「投資信託を解約して一〇〇〇万、銭塚から一五〇〇万なのよ。ちくしょう、あのポルシェだって、わたしが買ってやったのに」

　留美子の表情が醜く歪む。

「なるほど、なるほど、そういうことでしたか。それで謎が解けました。銭塚から消えたお金は二〇〇〇万円です。しかし、留美子さんが取ったのは一五〇〇万円なんですね。その差額の五〇〇万を一郎さんが奪ったのではないか……留美子さんは、そう疑っていたわけか」

　冬彦が納得してうなずく。

「一郎さん、五〇〇万円を取りましたか？」

「バカバカしい！　誰がそんなことをするもんか」

一郎が横にいる留美子を睨む。

「宮崎コーチはクールな人です。女性会員からお金をむしり取るためにテニスコーチをしている人でなしなんです。留美子さんのことも金蔓《かねづる》としか思っていなかった。だから、銭塚からお金を取れなくなった途端、金の切れ目が縁の切れ目とばかりに留美子さんに冷たくなり、代わりに糸居さんに色目を使い出したわけですよ。ひどい男ですよねえ」

冬彦が繁之に顔を向ける。

「君は留美子さんがお母さんを憎んでいることを知っていたんだよね？　無言電話も嫌がらせのハガキも、その犯人が留美子さんだと知っていた。そうだよね？　ただのいたずらなどではなく、ハガキの警告を無視すれば危険なことが起こるかもしれないと心配していた。だから、お母さんの後をつけて自転車をパンクさせた」

「ちょっと待って下さい。なぜ、彼は最初から知っていたんですか？」

古河が訊く。

「彼女から聞かされていたからです」

冬彦は晴美に視線を転じる。

「君が繁之君に教えたんだよね？」

「……」

「隠しても無駄だと思わない？」

「別に隠したいわけじゃないです。恥ずかしいだけなんです。いい年をして、あんなちゃらちゃらした男に夢中になって、お金まで貢いで……。本当に恥ずかしい」

晴美が憎しみのこもった眼差しを留美子に向ける。

「いつ頃から、お母さんの不倫に気が付いたのかな？」

「一年くらい前ですね」

晴美が言うと、留美子がハッと驚いたように顔を上げて晴美を見る。二人が睨み合うが、留美子が先に目を伏せる。

「母が銭塚からお金を取っているのは知ってました。夜中や明け方にこそこそ庭に出て行って何かしてましたから。脇が甘いというか、警戒心が緩いというか、そういう次の日に母のドレッサーを調べると、必ず大金が無造作にしまってありました。大抵、一〇〇万くらいだったかな。月に一度くらいは、そんなことがあったから、いったい、何に使っているんだろうと思って、母の携帯をチェックすると、もうバカみたいにのぼせあがったアホメールがたくさんありました。愛してるとか、あなたなしでいられないとか……信じられませんでした。この女、頭がおかしいんじゃないのか、てめえの顔を鏡で見てみろよ、っていう感じ」

「晴美……」

留美子が絶望的な眼差しを晴美に向ける。

「もちろん、パスワード設定があるんですけど、最初、母はわたしの誕生日をパスワードにしてたんです。今は宮崎の誕生日をパスワードにしてるはずです。発想が単純だから、ひとつかふたつ試すと、パスワードを解除できるんですよ。バカな女の頭の構造は、ものすごく単純なんですよ」

「君は繁之君に警告をしたわけだよね？　お母さんが恨まれているから注意しろ、と」

「この何ヶ月かのメール、バカ男へのメールは泣き言と愚痴ばかりなんですよ。バカ男が心変わりしたことを責める内容ですね。ホントにバカ。金がなくなったから冷たくされただけなのに、繁之のお母さんに心変わりしたことが冷たくされる原因だと思い込んでたんです。だから、繁之のお母さんが『ラムセス』に来なくなれば、バカ男がまた振り向いてくれると信じ込んでたんですよ」

「無言電話をかけたり、ハガキを出したのが留美子さんだと最初からわかっていたのかな？」

「最近、こんなことがあって困ってるんだよって繁之から聞いて、ああ、犯人は、うちのバカな母親なんだって、ピンときました。それから注意していると、夜中にこっそり電話をしてました。誰も気が付いてないと思ってたんでしょうね。電話をかけて、すぐ切って……何度も何度もやってましたね。あれはもう怪談ですよ。マジで鳥肌が立ちました」

「糸居さんを怪我させたことに関して、何か知っているかな？　なぜ、凍らせた豆腐で頭を殴ったのかというのが謎なんだけど」

「ああ、あれですか……」

「晴美」

大平が鋭い声を発する。

「おまえ、自分が何を言ってるのか、わかっているのか？　お母さんのことなんだぞ。おまえが余計なことを言うと……」

「黙っていろと言いたいの？　繁之のお母さんを殺していたかもしれないのに？　おじいちゃんがお母さんを甘やかしすぎたから、こんなことになったんだよ。お父さんをバカにしているのを見て見ぬ振りして、銭塚なんて変梃《へんてこ》なものを拵えて大金を隠して、そこからお母さんがお金を取っていることにも気が付かないで……いい加減なことばかりするから、お母さんが調子に乗って、挙げ句の果てには、人を襲って怪我させるようなことまでしたんじゃないの。こんなことになる前に止めることだってできたはずなのに」

涙ぐんだ目で、晴美が大平を見つめる。

「わしは……わしは何も知らなかった」

「知らなかったんじゃなくて、見ようとしなかっただけでしょう？」

「……」

大平が絶句する。

「うちでは、お豆腐をよく食べるんです。家族みんなが大好きですから。日曜日に、台所にゴーヤがあるのを見て、ゴーヤチャンプルを作るつもりだとわかりました。おじいちゃんの好物なんです。お豆腐をパックから出して俎板《まないた》に載せ、キッチンタオルで包んで水抜きしていました。しばらくして台所に戻り、冷凍庫からアイスを取り出そうとしたら、キッチンタオルに包んだままのお豆腐が入ってました。びっくりしました。すぐに、また、あのバカコーチと何かあったんだな、と気が付きました。母の部屋に行き、ドアに耳を近付けると、涙声で電話しているのが聞こえました。バカコーチのことで頭が混乱して、お豆腐を冷蔵庫ではなく冷凍庫にいれてしまったんですよ。夕飯にゴーヤチャンプルは出てきませんでした。出前のお寿司になってました。母が夕飯を作る気力をなくしてしまったのだとわかりました」

「意地悪……何て意地悪な子なの……」

目を真っ赤にして、留美子が晴美を睨む。

「小早川警部」

古河と中島が立ち上がる。

「どうやら糸居さんを襲ったのは増岡留美子さんで間違いないようです。詳しい話を、署で聞かせてもらおうと思いますが、どうでしょうか？　それとも、まだ続きがありますか？」

「いいえ、増岡さんの役割は、ここまでです。糸居さんを襲った理由も明らかになったし、銭塚からお金を取ったこともわかりました。糸居さんへの暴行は刑事事件ですから、署に連れて行った方がいいと思います」

「わかりました」

古河と中島が留美子に歩み寄る。

「ご同行願います」

「……」

留美子が立ち上がろうとするが、膝ががくがく震えてしまい、尻餅《しりもち》をつきそうになる。素早く一郎が留美子の腕を取って支える。

「刑事さん、わたしも付き添って構いませんか？　決して仲のいい夫婦ではありませんが、それでも夫婦ですから、そばについていてやりたいのですが」

「ええ、どうぞ」

古河がうなずく。

一郎に肩を抱かれ、留美子が泣きながらリビングから出て行く。

古河、中島、一郎、留美子の四人が去り、リビングには一〇人が残った。

大平は事の成り行きに呆然とし、口をぽかんと開けたまま身じろぎもしない。

「さて、残った問題を片付けることにしましょう。真紀さんの行方、そして、銭塚のお金の行方」

「その金は、増岡さんがコーチに貢いだと言ったじゃないですか」

高虎が言う。

「いえいえ、よく考えて下さい。銭塚から消えたのは二〇〇〇万円で、留美子さんが貢いだのは一五〇〇万円ですよ。五〇〇万円不足しています」

「あ……そうだった」

「いつまでこんな茶番に付き合わなければならないんですか？　テニスだとか、銭塚だとか、うちの娘に関係のない話ばかりだ」

また泰治が腹を立て始める。

「そんなことはありません。大いに関係があります。というか、ここが核心部分と言っていいくらいです。この一年、真紀さんはどうやって暮らしていたのか？　その答えが目の前にあるじゃありませんか」

「え……ということは、その五〇〇万円で真紀が生活を……？」

喜久子が驚いたように晴美に顔を向ける。

「晴美さん、繁之君、それに菊沢さん。この期《ご》に及んで隠そうとはしないよね？　真紀さんのところに案内してほしい」

一四

大平の顔色が悪くなり、何だか気分が悪いというので、念のために病院に連れて行くことにした。晴美が付き添うことになったが、一人だけでは不安だというので樋村と理沙子が病院まで送ることになった。

残った六人のうち、菊沢紀香と繁之は高虎の運転する車に乗り、冬彦と常世田夫妻の三人はタクシーで後を追うことにした。

高虎の車は環七通りを北に進み、妙正寺川《みょうしょうじ》を過ぎたあたりで右折する。川沿いに進み、平和《へいわ》の森《もり》公園の北側を通り過ぎる。そこからしばらく進んで車が停まる。西武新宿《しんじゅく》線沼袋《ぬまぶくろ》駅の近くで、古ぼけたアパートがいくつも建ち並んでいるあたりだ。

繁之と紀香が先に立って歩き出す。その後ろを、高虎、冬彦、常世田夫妻が続く。六人は狭い小路に入っていく。

「ここです」

繁之がアパートの外付け階段を上る。安普請《やすぶしん》なのか、それとも、どこかのネジが緩んでいるのか、階段がみしみしと大きく揺れる。

二階には部屋が四つある。一番奥の部屋の前に立つと、繁之がドアをコンコンと叩く。

「どちらさん?」

部屋の中から男の声がする。

「おれだよ、糸居」

「ああ、繁之か」

内側からドアが押し開けられる。

繁之に人懐《ひとなつ》こい笑顔を向けた若者は、その背後に見知らぬ人間がいるのを見て、ぎょっとしたように顔色を変える。

「おい、これ……」

「近藤、ばれちゃった。これ以上、隠しようがなかった。警察の人と、真紀のご両親だよ」

「え、真紀の?」

近藤伸也が泰治と喜久子に顔を向ける。

「娘は、ここにいるのか?」

泰治が高虎や冬彦を押し退けて、前に進む。繁之がドアの横に体をずらす。

「いるんだろう?」

近藤を突き飛ばして、泰治が部屋に入り込もうとする。三畳の台所、六畳のリビング、四畳半の寝室を玄関から見通すことができる。部屋に上がり込もうとした泰治の動きがぴたりと止まる。

「あなた……」

泰治の背後から喜久子が部屋を覗き込む。

「え」

喜久子がぽかんと口を開けたまま呆然とする。

「お母さん……」

リビングに真紀が坐っている。その腕の中で襁褓《むつき》にくるまれた赤ん坊が小さな寝息を立てている。

一五

二月二五日（木曜日）
朝礼後、冬彦が電話で大平と話している。
「それは難しいかもしれませんね。宮崎コーチが銭塚からお金を盗んだわけではなく、留美子さんからもらっただけですから……。ええ、盗んだお金だという認識があれば別ですが、それを証明するのは簡単ではありませんね。知らなかったと言われたら、どうしようもありませんから……。大平さんが留美子さんを訴えれば、盗まれたお金だから返してくれという要求が通る可能性もありますが、留美子さんの罪が更に重くなってしまいますしね。そうですね。よく弁護士さんと相談した方がいいでしょう」

　冬彦が電話を切ると、

「金を返せっていう話なんですか？」

　スポーツ新聞を机の上に投げ出しながら、高虎が訊く。

「実の娘を訴えるのは気が進まないようですが、やはり、一五〇〇万円は惜しいようです。そう簡単には諦められないんでしょう」

「大平さん、それで悩んでるわけですか。まあ、わからないでもないなあ。大事な金を盗まれて、その金は色男の手に渡ってポルシェに化けて、しかも、それだけ尽くしたのにポイ捨てされちまったんだからなあ。バカな娘だと腹が立つだろうけど、それでも娘は娘だ。傷害で逮捕されているときに、窃盗で告訴されたら、もう情状酌量はつかないでしょう。たぶん、実刑だ。何年か臭い飯を食うことになる」

「訴えないでしょう」

「そうだよ、そのじいさんが不用心だっただけなんだから自業自得じゃないの。銀行が信用できないからって、自宅の庭に大金を埋めるなんて時代錯誤もいいところだよ」

　靖子がまくし立てる。

「庇《かば》うじゃないか。男に狂った中年女の心理は理解できるってか」

「うるせえ！　凍った豆腐で人の頭を殴るなんて普通じゃない。錯乱してたんだよ」

「確かに普通の心理状態じゃなかったんでしょうね。水抜きしていた豆腐を冷凍庫に入れてしまったこともそうですし、それを持ち出して糸居さんを追いかけたことといい、完全に常軌《じょうき》を逸《いっ》していたとしか思えませんよ。裁判では心神喪失を訴えるかもしれませんね」

理沙子が言う。

「テニスのレッスンに出かける支度をしていたら、たまたま、テニスウェアを着た糸居さんが自転車で走るのを目撃し、カッと頭に血が上って凍った豆腐を手にして追いかける……まるで怪談ですね。想像するだけで怖いなあ」

樋村が顔を顰める。

「冷凍庫から取り出して解凍しようとしてたらしいわね。たまたま手元に凍った豆腐があったから、それを手にして追いかけた。手元にあったのが豆腐ではなく、包丁や金槌だったら……」

そう考えるとゾッとしますね、と理沙子が言う。

「結局、銭塚なんてものがあって、そこに大金があったことが諸悪の根源なんじゃないのか？　大平さんも潔く諦めるしかないだろう。そもそも、娘を訴えたら、孫も訴えなければならないだろうし」

高虎が肩をすくめる。

「五〇〇万を取ったのは晴美さんですからね。寺田さんの言うことにも一理あります。そのお金がなければ、近藤君と真紀さんの生活は成り立たなかったでしょうし、出産も不可能だったと思います」

冬彦が言う。

「近藤君は居酒屋やガソリンスタンドの仕事を掛け持ちしてがんばっていたみたいですけど、それだけでは生活費が足りませんよね。どうにもならなくなれば、真紀さんも親御さんのもとに帰って、きちんと事情を説明したかもしれない。なまじ五〇〇万があったことが、真紀さんの失踪事件の解決を長引かせたとも言えますね」

理沙子がうなずく。

「お父さんのことがよほど怖かったから逃げたんだろうね。男性と付き合うことすら許さないのに、まして妊娠したことがわかったら……。わたしには真紀さんの気持ちがわかる気がする」

亀山係長が溜息をつく。

「係長の年齢なら、娘ではなく父親の気持ちの方がわかるんじゃないんですか?」

樋村が不思議そうな顔をする。

「日々、奥さんに抑圧されて、辛い生活を強いられているからね。唯一の癒《いや》しが猫のマル。マルを近藤君に置き換えれば、係長には真紀さんの気持ちが痛いほどわかるだろう」

冬彦が言う。

「それにしても、病院にも行かず、よく無事に出産できましたよね。一歩間違えば、真紀さんも赤ちゃんも危険だったはずですよ。こんなことをして、あの学生たちもただでは済まないでしょうね」

理沙子が言う。

真紀はアパートで出産した。それを手伝ったのは、繁之と同じ大学に通う二人の医大生で、謝礼として五〇万円ずつ受け取った。

「何とか子供は無事に産まれたけど、それで終わりじゃない。役所への届け出も必要になるし、子育ても大変だ。行き詰まった真紀さんがお母さんに電話したのも無理はないね」

「途方に暮れて助けを求めたんでしょうね。心細くてたまらなかったのよ。かわいそうに……」

靖子が溜息をつく。

「これから、どうなるんですか？」

樋村が訊く。

「真紀さんは実家に戻るらしいよ。赤ちゃんも一緒にね。それからのことは……ぼくにもわからない。ここから先は警察も立ち入ることのできない家族の問題だからね。ご家族でよく話し合って、いい解決策を見付けてほしいな」
冬彦が答える。

エピローグ

警察庁。会議室A－1号室。

窓際に二人の男が立っている。

窓からは日比谷《ひびや》公園を見下ろすことができる。遠くには東京駅も見える。

「所轄で飼い殺しにするはずだったよな？」

警察庁刑事局局長、島本雅之《しまもとまさゆき》警視監が苦い顔で訊く。

「はい」

刑事局所属の理事官、胡桃沢大介《くるみざわだいすけ》警視正が緊張した面持ちでうなずく。

「生活安全課で地味な仕事をさせておけば安心できると思っていたのに、自分と関係のない事件にばかり首を突っ込んで、しかも、かなりの成果を挙げているそうじゃないか」

「はい」

「所轄で埋もれさせろと言ったはずだ。目立っては困る。変に注目を浴びて、小早川の書いたレポートの存在が外部に知られたら大変なことになるんだぞ。わかってるか？」

「承知しております」

「じゃあ、どうする？」

「と、おっしゃいますと？」

「このまま杉並中央署に置いておけばいいのか？　それで大丈夫なのか」

「それは……」

「地方には出せない。目の届くところでなくてはダメだ。それに所轄といっても、小さいところだと幹部にしなければならない。あんな奴を幹部にはできないから、ある程度、大きな所轄でないと……だから、杉並中央署に決めた」

「新宿か渋谷あたりに異動させますか？　ちょうど異動の時期ですし、不自然ではないと思いますが」

「新宿、渋谷……」

「科捜研という手もありますが」

「現場に出たいというのが小早川の希望だったから、それは無理だろう。それに研究職や事務職に異動させて時間に余裕ができると、また変なことを考え始めるかもしれない。それは、まずい。忙しいところがいいな。目が回るほど忙しくて、余計なことを考える暇がないところだ。しかも、周りが腕利きばかりで小早川の出る幕はない。目立たれるのは困るからな。ううむ、そういうところがいいな」

「そうですね。『何でも相談室』は使えない奴らばかりですから、どうしても小早川が目立ってしまいます。周りが優秀なら、小早川だけが目立つこともありません。いっそ本庁に呼びますか？」

「警視庁か？」

「大部屋の猛者《もさ》の中に放り込めば、おとなしくなるのではないでしょうか」

「ふうむ……」

島本は窓の外に顔を向け、思案を始める。悪くない、それも悪くないな……自分に言い聞かせるように何度もつぶやく。

（この作品『生活安全課0係　ブレイクアウト』は、『小説NON』（小社刊）二〇一八年五月号から十二月号に連載され、著者が刊行に際し加筆・修正したものです。また本書はフィクションであり、登場する人物、および団体名は、実在するものといっさい関係ありません）

生活安全課０係　ブレイクアウト

一〇〇字書評

切・り・取・り・線

購買動機（新聞、雑誌名を記入するか、あるいは○をつけてください）	
□（　　　　　　　　　　　　）の広告を見て	
□（　　　　　　　　　　　　）の書評を見て	
□ 知人のすすめで	□ タイトルに惹かれて
□ カバーが良かったから	□ 内容が面白そうだから
□ 好きな作家だから	□ 好きな分野の本だから

・最近、最も感銘を受けた作品名をお書き下さい

・あなたのお好きな作家名をお書き下さい

・その他、ご要望がありましたらお書き下さい

住所	〒				
氏名		職業		年齢	
Eメール	※携帯には配信できません	新刊情報等のメール配信を 希望する・しない			

この本の感想を、編集部までお寄せいただけたらありがたく存じます。今後の企画の参考にさせていただきます。Eメールでも結構です。

いただいた「一〇〇字書評」は、新聞・雑誌等に紹介させていただくことがあります。その場合はお礼として特製図書カードを差し上げます。

前ページの原稿用紙に書評をお書きの上、切り取り、左記までお送り下さい。宛先の住所は不要です。

なお、ご記入いただいたお名前、ご住所等は、書評紹介の事前了解、謝礼のお届けのためだけに利用し、そのほかの目的のために利用することはありません。

〒一〇一―八七〇一
祥伝社文庫編集長　坂口芳和
電話　〇三（三二六五）二〇八〇

祥伝社ホームページの「ブックレビュー」からも、書き込めます。
http://www.shodensha.co.jp/bookreview/

祥伝社文庫

生活安全課《せいかつあんぜんか》0係《ぜロがかり》　ブレイクアウト

令和 元 年 5 月 20 日　初版第 1 刷発行

著　者　富樫倫太郎《とがしりんたろう》
発行者　辻　浩明
発行所　祥伝社《しょうでんしゃ》
東京都千代田区神田神保町 3-3
〒101-8701
電話　03（3265）2081（販売部）
電話　03（3265）2080（編集部）
電話　03（3265）3622（業務部）
http://www.shodensha.co.jp/

印刷所　堀内印刷
製本所　積信堂
カバーフォーマットデザイン　芥 陽子

Printed in Japan ©2019, Rintaro Togashi　ISBN978-4-396-34521-1 C0193

祥伝社文庫の好評既刊

祥伝社文庫の好評既刊

富樫倫太郎
残り火の町 市太郎人情控 二

余命半年と宣告された惣兵衛《そうべえ》。過去のあやまちと向き合おうとするが……。家族の再生と絆を描く、感涙の物語。

富樫倫太郎
木枯らしの町 市太郎人情控 三

数馬《かずま》のもとに、親友を死に至らしめた敵が帰ってくる……。一度は人生を捨てた男の再生と友情の物語。

石持浅海
扉は閉ざされたまま

完璧な犯行のはずだった。それなのに彼女は――。開かない扉を前に、息詰まる頭脳戦が始まった……。

中山七里
ヒポクラテスの誓い

法医学教室に足を踏み入れた研修医の真琴《まこと》。偏屈者の法医学の権威、光崎《みつざき》とともに、死者の声なき声を聞く。

深町秋生
PO《プロテクションオフィサー》 警視庁組対《そたい》三課・片桐《かたぎり》美波《みなみ》

連続強盗殺傷事件発生、暴力団関係者が死亡した。一命を取りとめた布施《ふせ》の警護にあたるが……。POの美波は

柚月裕子
パレートの誤算

ベテランケースワーカーの山川《やまかわ》が殺された。被害者の素顔と不正受給の疑惑に、新人職員・牧野聡美《まきのさとみ》が迫る！